The bad woman is Marionette

악녀는 마리오네트 4

한이림 장편소설

초판 1쇄 찍은 날 | 2021년 4월 23일
초판 2쇄 펴낸 날 | 2022년 10월 21일

지은이 | 한이림
발행인 | 이진수
펴낸이 | 황현수

펴낸곳 | 주식회사 카카오엔터테인먼트
등록번호 | 제2015-000037호
등록일자 | 2010년 8월 16일
주소 | 경기도 성남시 분당구 판교역로 221 6(일부)층

제작·감수 | KW북스
E-mail | cl_production@kwbooks.co.kr

ⓒ 한이림, 2018

ISBN 979-11-6509-878-0 04810
　　　979-11-6509-874-2 (set)

악녀는 마리오네트

The bad woman is Marionette

한이림
장편소설

4

Yeondam

Contents

특별 외전 1
'시청자'가 이 이야기를 좋아합니다

낮은 대공비. 밤은 마법사.

카예나는 황위에서 내려와서도 바쁜 나날을 보냈다.

워낙 쉬질 못하는 성격 탓이기도 했지만 카예나는 스스로 알고 있었다. 마음에 걸리는 것이 있어서 일부러 더 바쁘게 지내고 있다는 사실을.

"……."

그녀의 손에는 어느새 나무로 엉성하게 깎아 놓은 체스 말이 들려 있었다.

카예나가 유일하게 풀지 못하고 내려놓은 숙제, 레제프는 언제나 마음 한구석에 잠복해 있다가 방심할 때면 불쑥 존재감을 나타냈다.

그 아이가 미웠다. 증오스럽고 화가 났다.

또 불쌍하고 안타까웠다. 슬프고 착잡하기 이를 데 없었다.

카예나는 자신을 탓하기도 하고 동생을 탓하기도 하다가 부모를 탓하기도 했다.

하지만 이 모든 게 무슨 소용일까? 다 지나가 버렸고 돌이킬 수 있는 건 없었다. 그저 마음속에 묻어 두고 이 무게를 스스로 감당하는 수밖에.

ㅡ표정이 또 왜 그렇게 구려?

어느새 카예나의 집무실에 치즈 고양이가 나타나 건방진 자태를 뽐냈다.

카예나가 피식 웃었다.

"고양이의 입이 너무 험하네."

-흥! 이제 네 밉살맞은 공격은 아무렇지도 않아.

"어쩐 일이야?"

바옐은 테이블에 엉덩이를 붙이며 꼬리를 살랑였다.

-내가 올 이유가 마법 협회 말고 더 있겠어? 너한테 협조받고 싶은 일이 있대. 이번 녀석은 까다로운 능력이 있어서.

"네가 까다롭다고 할 정도면 상당히 처리하기 어려운 일일 것 같은데."

-이번에 잡아야 할 녀석이 너랑 좀 비슷한 능력이거든. 시공간 능력자야.

뜻밖의 말에 카예나가 한쪽 눈썹을 휙 들어 올렸다.

"시공간?"

-정확하게는 '평행 세계'를 다루는 능력이지.

평행 세계라……. 카예나는 곱씹기만 해도 골치 아픈 단어라고 생각했다.

"설마 그 능력을 써서 같은 형태의 다른 세계로 날려 버린다는 말은 아니지?"

카예나는 제발 그런 능력이 아니기를 바라며 물었다. 그리고 바옐은 산뜻하게 카예나의 기대를 박살 냈다.

-정확하게 파악하네. 역시 너는 짜증 나게 똑똑해.

정말이지 하나도 기쁘지 않은 칭찬이었다.

"그러다 나 평행 세계에 보내지면 어떡해?"

－걱정하지 마. 네가 얼마나 지독한 앤데 그렇게 호락호락 당하겠어?

카예나가 후후 웃었다.

"그 지독한 애한테 먼저 당하고 싶은가 봐."

바옐은 못 들은 척 앞발로 귀를 긁었다.

카예나도 모르는 척 중얼거렸다.

"늙은이……."

－뭐야!

"응? 내가 무슨 말 했어?"

바옐은 카예나의 능청스러운 태도에 분하다는 듯이 꼬리로 테이블을 탁탁 내리쳤다. 그러다 테이블에서 휙 뛰어내리며 모습을 바꿨다.

부드러운 갈색 머리카락과 눈동자의 미남이 뚱한 표정을 지은 채 카예나의 맞은편 의자를 끌어내 털썩 앉았다. 이른바 바옐 크로노스의 모습이었다.

카예나가 아쉽다는 듯이 말했다.

"난 고양이가 더 좋은데."

"진짜 고양이가 아니라고 몇 년을 말하냐! 그냥 환각이나 다름없는 거라고!"

바옐의 본체는 사람인가, 고양이인가? 그 논란은 몇 년째 끊이지 않고 이어지고 있었다.

바옐은 됐다는 듯이 이 이야기는 거두절미하고 협회 측의 입장을 전달했다.

"이번의 수배 마법사는 능력이 까다롭기는 해도 악한 녀석은 아니야. 그냥…… 심하게 괴짜일 뿐이지."

"괴짜?"

"그 녀석은 이야기를 좋아해. 그래서 재미있다고 생각한 사람을 평행 세계로 보내고 어떻게 새로운 삶을 만들어 내는지 관찰하는 취미가 있더라고."

카예나는 눈을 휘둥그레 떴다. 그 개념은 지구에서 아주 익숙한 것이었다.

'드라마를 보는 시청자 같은 느낌인 건가?'

바엘의 말이 이어졌다.

"여기서 문제가 뭐냐 하면, 평행 세계로 보내진 사람이 만족스러운 이야기를 보여 주지 않으면 다시 원래 세계로 돌려주지 않는다는 점이야."

"아아."

지독하네. 카예나는 듣기만 해도 머리가 지끈거린다고 생각했다.

"다행히도 그 녀석의 능력을 아예 무효화할 수 있는 마법진을 개발했대. 다만 마법진을 설치하는 동안 녀석을 붙들고 있어야 하는데 그럴 수 있을 만한 능력을 지닌 게 너뿐이라서."

"그래서 내가 그 평행 세계 마법사의 발을 좀 묶고 있으면 된다는 거지?"

바엘이 고개를 끄덕였다.

"맞아. 만약 당하더라도 걱정하지 마. 일단 마법진으로만 유인하면 다른 차원으로 간 사람들을 되돌릴 수 있으니까."

카예나는 이 일이 위험한지 그렇지 않은지 가늠하기 애매모호하다고 생각했다.

어쨌든 돕기는 도와야지.

그녀는 아직도 손에 쥐고 있던 제스 밀을 다시 상자에 집어넣었다. 머리를 복잡하게 하는 상념은 일로 털어 버리는 게 나으리라.

"언제 시작하면 돼?"

"가능한 한 빨리."

카예나는 자신이 해야 할 일을 머릿속으로 떠올려 보았다. 대공비 업무는 이미 다 해 놓았고 노아 대부인은 온천 여행을 떠난 참이라 갑자기 부를 일도 없을 것이다. 남은 건 남편인가?

"그럼 나 준비할 테니까 먼저 협회에 가 있어."

카예나는 바엘을 협회로 보낸 뒤 라파엘로를 찾아갔다.

요즘 라파엘로는 지나치게 바빴다.

아니, 뭐 언제는 안 바빴느냐마는 요즘은 특히! 더! 바빴다. 카예나가 일하지 못하게 하려고 그가 거의 모든 업무를 쓸어 갔기 때문이었다.

"당신은 쉬어야 합니다."

그렇게 말하는 라파엘로의 표정이 어찌나 엄숙하던지.

거기까지는 순응했지만 대공령의 일은 너무 많고 바쁘기에 카예나는 제 남편 얼굴 보기도 어려웠다.

'대공가에 가신을 늘려야 하나?'

그녀의 발걸음이 어느새 라파엘로의 집무실에 닿았다. 안에서 여러 사람의 목소리가 들려왔다. 일하는 중인 모양이었다.

'음. 인사를 하러 들어갈 수는 없으니 기다려야겠네.'

마법사 일을 할 때는 라파엘로에게 꼬박꼬박 인사하고 떠났다. 아무래도 이쪽 일을 하다 보면 라파엘로가 그녀의 소식을 들을 수 없기 때문이었다.

달칵.

잠깐 생각에 잠긴 채 집무실 앞에서 서성이고 있자 문이 열리고 봉신 가문의 가주들이 보였다.

"헉!"

그들은 문을 열자마자 심장에 해로울 정도로 충격적인 미모의 여인이 보이자 돌처럼 굳었다. 그들이 이내 화들짝 정신 차리고 예를 갖췄다.

"대공비 전하를 뵙습니다."

카예나가 수도 생활을 접고 대공가에 온 지 얼마 되지 않은 시점이었기에 키드레이 대공가의 가신들은 아직 그녀의 미모에 익숙해지지 못한 상황이었다.

카예나는 은은한 미소를 지으며 위엄 있는 모습으로 그들의 인사를 받아 주었다.

그때 라파엘로가 가신들 사이를 헤집고 나왔다.

"여보."

갑작스러운 방문에 놀란 듯하지만 감출 수 없는 기쁨이 느껴지는 표정이었다. 카예나가 그의 미소에 화답하듯 환한 표정으로 다가가며 물었다.

"많이 바쁜가요?"

라파엘로는 빠르게 대답했다.

"아니요. 전혀."

바쁘지 않을 리 없었다. 그러나 라파엘로에게는 언제나 카예나가 첫 번째였다.

"그럼 저희는 이만 가 보겠습니다."

가신들은 꿀이 뚝뚝 떨어지다 못해 일대를 잠거 죽게 할 작정인 듯한 대공 부부에게 황급히 인사하고 사라졌다.

라파엘로가 카예나를 집무실 안으로 데리고 들어갔다.

"이렇게 찾아와 주셔서 기쁩니다."

그의 직설 화법은 참 변치 않고 한결같았다. 그 꾸밈없는 솔직함에 카예나는 한 번씩 얼굴이 뜨거워질 때가 있었다.

"누가 들으면 당신이 온종일 저를 기다리고 있는 줄 알아요."

그러자 라파엘로가 갸웃했다.

"그게 사실인데요."

음, 이렇게 말하는 남편을 두고 잠시 마법 협회 일로 출장을 다녀와야겠다고 어떻게 말한담? 카예나는 잠시 침음을 흘리다가 소파에 앉았다.

라파엘로는 자연스럽게 카예나를 뒤에서 끌어안은 자세로 목덜미에 고개를 파묻었다.

살 것 같다. 사람들이 일정 범위 안으로 다가오는 것과 접촉하는 것은 이제 괜찮아졌다. 그러나 이렇게 카예나를 품에 안을 때면 그제야 자신이 스트레스를 받고 있었다는 사실을 깨닫고는 했다. 그가 긴장을 풀어놓을 수 있는 유일한 안식처가 바로 카예나의 품이고 곁이었다.

카예나는 훤히 드러난 목덜미로 그의 비단결 같은 머리카락이 간지럽게 스치자 몸을 움츠렸다.

"간지러워요, 라피."

지금 어떻게 말해야 이 사람이 상심하지 않을지 집중해서 말을 떠올려야 하는데.

카예나는 이 달콤한 방해를 뿌리치지는 못하고 그저 쿡쿡 웃어야 했다.

"있잖아요, 라피……."

그렇게 어물쩍 서두를 던지자 라파엘로가 그녀의 어깨에 입술을 댄 채 웅얼거리듯 물었다.

"일하러 가십니까?"

"······맞아요."

카예나가 사실대로 시인하며 자세를 똑바로 고치려고 하자 라파엘로가 팔로 허리를 더 단단하게 감아 안았다. 그러면서 카예나의 귓가에 입술을 붙이고 낮은 목소리로 말했다.

"당신의 남편은 또 며칠을 외롭고 쓸쓸하게 아내를 그리며 독수공방하겠군요."

카예나는 간지러움에 또 몸을 움찔하며 대답했다.

"으음, 며칠이나 걸린다고 하지는 않았는데······."

"이렇게 뜸을 들이실 때는 특별히 위험하거나 특별히 길어질 것 같은 일일 때뿐이었습니다."

이 남자, 나를 너무 잘 아는데. 카예나는 어색하게 웃으며 라파엘로를 마주 안았다.

"그래도 바옐이 그다지 위험한 일은 아니래요. 그냥 발을 좀 묶어 놓으면 끝이에요."

라파엘로는 며칠은 보지 못할 아내를 더욱 꽉 끌어안았다. 그는 카예나가 보지 못하는 각도에서 불안한 표정을 했다가 이내 장난스러운 미소를 가장하며 시선을 마주쳤다.

"······무리하지 마십시오."

"절대 그러지 않을게요. 맹세해요."

라파엘로는 어쩔 수 없다는 표정으로 고개를 끄덕였다. 라파엘로가 문득 물었다.

"집으로 돌아오면 무얼 드시고 싶으십니까?"

"만들어 주려고요?"

카예나가 장난스럽게 묻자 라파엘로가 빙긋 웃었다.

"정말로 만들어 주려고요?"

"네. 요즘 요리를 배우고 있어서요."

그러자 카예나가 눈을 홉떴다.

"당신 바쁘면서 요리는 언제 배운단 말이에요? 잠을 줄인 건 아니죠? 아니지, 쉬는 시간에 그러는 거예요? 내가 당신 업무량을 아는데."

라파엘로는 카예나가 자신을 이렇게 잔뜩 혼내는 것도 좋아서 그녀를 꼭 끌어안고 쪽쪽 입 맞추기 시작했다.

카예나는 어이가 없어서 그의 어깨를 밀어내려 했으나 꿈쩍도 하지 않았다.

"바쁜 사람이 무슨 요리를 한단 말이에요!"

"아아. 제 아내도 요리를 자주 합니다. 시녀들 간식도 만들어 주고 손님이 방문하면 직접 요리도 하고요. 그래서 제가 아내 대신 요리를 해 볼 생각입니다."

"……."

라파엘로는 눈앞에 카예나를 두고 마치 다른 사람을 언급하듯 이야기했다.

카예나는 이런 문제로 이야기를 해 봤자 결국 불리해지는 것은 자신이라는 사실을 금방 깨달았다.

'나 꼭 일이 바빠서 가정에 소홀한 남편 같잖아.'

카예나는 이런 문제에서는 자신이 죄인임을 잘 알았다.

라파엘로는 카예나가 어물쩍 품에 더 깊이 안기는 것을 느끼고는 그녀가 보지 못하게 웃음을 머금었다. 그러다 카예나를 휙 들어 올려 아예 뒤에서 끌어안은 자세로 긴 소파 위에 비스듬히 등을 기댔다. 라파엘로가 카예나의 머리카락으로 손장난을 치며 말했다.

"당신이 해 주는 요리는 늘 고맙고 기쁩니다, 카예나. 그래서 저도 당신에게 해 주고 싶어서요."

카예나는 그의 너른 품에서 익숙하게 자세를 고쳤다.

"한가할 때 배워도 되잖아요. 당신 체력이 암만 좋다고 해도 무리하지 않았으면 좋겠어요."

그러자 라파엘로가 부드럽게 웃으며 나직하게 대답했다.

"네, 말 잘 들을게요."

"나 참."

카예나는 못 말린다는 듯이 고개를 내저었다. 그러면서도 그가 한 말에 내심 기분 좋은 미소가 계속 흘러나오려는 것을 막기가 어려웠다.

"그럼 라피, 나 먹고 싶은 거 말해도 돼요?"

"얼마든지요."

"그럼 떡볶이요."

"떡…… 네?"

카예나는 푸흣, 하고 웃음을 터트렸다. 라파엘로는 무슨 말인지 이해하지 못하다가 카예나가 자신을 놀렸다는 사실을 알아차렸다. 그는 카예나가 유독 옆구리를 간지럼 탄다는 사실을 알았기에 짓궂게 괴롭혔다.

"꺅! 여보!"

카예나는 몸을 웅크리며 얼른 그 손길을 피하려고 했다.

라파엘로는 멈추는 대신 이번에는 희게 드러난 목덜미까지 콱 깨물었다. 물론 그곳도 카예나의 약점이었다.

"그만! 다른 거 말할게요!"

카예나는 간지럼을 도저히 참지 못하고 항복했다. 라파엘로는 항복 선언을 듣더니 언제 그랬냐는 듯 얌전하게 카예나를 품에 꼭 안고 있기만 했다.

카예나는 눈을 가늘게 뜨며 고개를 들어 올렸다. 라파엘로는 아무 일도 없었던 사람처럼 무고한 표정을 짓고 있었다.

그는 추궁하는 시선에 되레 빙긋 웃으며 말했다.

"레시피를 알려 주고 가시면 열심히 연구해 보겠습니다."

'여우다.'

이게 여우가 아니면 대체 뭐가 여우란 말인가?

카예나의 눈이 더 가늘어질 때 라파엘로가 카예나의 허리를 끌어 올리며 정면으로 휙 돌렸다.

"눈을 그렇게 뜨는 건 키스해 달라는 뜻입니까?"

"해석이 엉망이네요."

"흐음, 그럴 리가 없는데요."

그는 카예나의 입술 위를 가볍게 스치듯 키스했다.

"정말로 이게 아니라고요?"

"이런 능청은 대체 어디서 배워 오는 거예요?"

카예나가 진심으로 묻자 라파엘로가 대답 대신 이번에는 좀 더 길게 입술을 꾹 눌러 키스했다. 그러고는 입술을 떼며 대답했다.

"글쎄요."

카예나는 자꾸 유혹하는 기술이 늘어 가는 아름다운 남편을 게슴츠레 바라보며 두 손으로 그의 양 뺨을 쥐었다.

'대체 왜 날이 갈수록 더 잘생겨지는 거지?'

라파엘로는 유혹하는 기술이 느는 것만이 아니라 미모에도 깊이가 생겨나고 있었다. 검은 밤하늘 같은 머리카락과 유려하게 반짝이는 붉은 눈동자, 오뚝한 콧대를 타고 내려오면 매혹적으로 자리 잡은 도톰한 붉은 입술.

그녀의 손이 그의 뺨에서 목으로 흐르듯 내려갔다.

강인한 턱선에서 목덜미를 지나 어깨로 이어지는 선은 완벽하게 깎아 둔 조각상처럼 황홀했다. 손바닥 아래로 느껴지는 단단하게 짜인 가슴 근육, 한참을 쓸고 지나가야 쥘 수 있는 돌덩이 같은 팔, 그리고…….

"카예나."

어쩐지 이름을 부르는 목소리에서 열기가 느껴졌다. 카예나는 저도 모르게 라파엘로의 몸에 집중하고 있던 시선을 화들짝 들어 올렸다.

아, 나 너무 이 사람 몸매를 탐닉했나?

하지만 봐도 봐도, 만져도 만져도 질리지 않는 그의 완벽한 미모와 피지컬이 잘못한 것이다. 카예나는 아주 떳떳하게 라파엘로의 탓으로 넘겼다.

라파엘로는 깊고 나른한 한숨을 내쉬고는 상체를 일으켰다. 그는 열기를 떨치려는 듯이 다른 대화 주제를 꺼냈다.

"옷 갈아입으실 겁니까?"

카예나가 마법 협회의 일을 할 때는 간편하게 셔츠와 바지, 그리고 모습을 가릴 후드가 달린 로브를 걸쳤다.

그녀가 고개를 끄덕이자 라파엘로는 아내를 번쩍 안아 들더니 직접 드레스 룸으로 향했다. 대공 부부가 저택의 3층을 주로 사용하기에 집무실과 침실, 드레스 룸은 다 같은 층에 몰려 있었다.

카예나는 얌전히 라파엘로의 품에 안겨 드레스 룸에 도착했다. 라파엘로는 카예나를 테이블에 앉히더니 그녀의 옷을 손수 골랐다.

"여벌의 옷도 챙겨 드릴까요?"

"네, 여보."

카예나의 대답을 들은 라파엘로는 피식 웃었다.

그들은 얼굴을 맞대고 산 지 얼마 되지 않았다. 카예나가 황위를 내려놓은 지 아직 1년도 지나지 않았으니까. 그래도 여전히 여보 소리에 마음이 설레고 얼굴을 마주하면 저도 모르게 미소가 그려졌다.

"출발은 언제 하십니까?"

"준비하는 대로 갈 것 같아요."

"그렇군요."

라파엘로는 탁상시계를 집어 들어 시간을 확인했다. 그 모습마저도 한 폭의 명화처럼 보였다.

라파엘로는 예전의 무뚝뚝함을 많이 벗고 부드러워졌다. 그래서인지 어른스러운 매력이⋯⋯.

달칵.

라파엘로가 드레스 룸 문을 잠갔다.

"⋯⋯라파엘로?"

라파엘로가 테이블 앞에 다가와 카예나의 양옆에 손을 짚고 다리 사이로 파고들었다. 카예나는 저도 모르게 그의 목을 끌어안으며 매달리듯 몸을 지탱했다. 라파엘로는 카예나의 몸을 제게로 바짝 붙이며 야릇하게 미소 지었다.

"잠깐이지만 남편의 도리를 해 볼까요?"

─❈─

카예나는 정성스러운 남편의 도리를 받고는 거품을 풀어 놓은 욕조 안에서 노곤하게 풀린 눈으로 라파엘로에게 기댔다. 라파엘로는 따뜻한 물속에서 카예나의 허리를 부드럽게 주무르며 곤란하게 중얼거렸다.

"최대한 짧게 한 건데, 그래도 힘들었습니까?"

그는 정말 짧게 온기를 나눴다. 물론 짧다는 게 몇십 분이나 되지만 어쨌든 그의 기준으론 짧았다. 아주, 무척, 많이.

이렇게 후희를 나누는 시간도 부족하지 않은가.

카예나는 라파엘로가 빠르게 그녀를 만족시키기 위해 오히려 강도 높게 스킨십을 해 온 탓에 정신이 하나도 없었다.

"체력이 문제가 아니에요……."

라파엘로는 잘 모르겠다는 표정으로 고개를 갸웃했다.

"음, 혹시 제가 못한 겁니까?"

그럴 리가요.

카예나는 고개를 내저었다.

라파엘로는 다행이라는 듯이 해사한 미소를 지으며 카예나의 뺨에 키스했다. 그는 카예나가 한쪽으로 머리카락을 넘겨 둔 터라 훤히 드러난 어깨까지 쪽쪽 소리를 내며 입을 맞췄다. 혈색이 도는 피부 위로 보기 좋게 남겨진 흔적들에도 또 한 번 키스했다.

카예나는 간지러워 쿡쿡 웃었다. 이렇게 진한 애정 행각을 벌이고 나니 며칠간 그와 떨어져야 한다는 사실이 아쉬웠다.

'아냐, 최대한 빨리 일을 끝내고 오면 되지.'

"금방 다녀올게요."

"조심히 다녀오십시오."

그가 듣기 좋은 목소리를 낮게 울리며 카예나에게 속삭였다.

"보고 싶을 거예요."

카예나가 몸을 돌려 그의 목을 끌어안고 말하자 라파엘로는 나직한 웃음을 흘렸다.

"유혹하시는 겁니까?"

그 말과 동시에 라파엘로가 커다란 손으로 카예나의 어깨를 살짝 누르고는 엄지를 천천히 옆으로 움직여 선을 그려 냈다. 흰 살결에 난 붉은 선에 라파엘로가 느리게 입술을 붙였다. 그러고는 이를 세워 어깨며 목덜미며 잘근잘근 깨물다 갈증을 느끼는 목소리로 웅얼거렸다.

"당신 몸은 조금만 쓸어 만져도 금방 자국이 남는군요."

그의 눈빛은 이미 욕구로 젖어 있는 상태였다.

카예나는 몸에 닿는 뜨거운 숨과 말캉한 감촉에 등허리에 절로 움찔 힘이 들어갔다.

"여보……. 가 봐야 하는데……."

카예나가 약간 애원하는 어조로 말하자 라파엘로는 알겠다는 듯 자상하게 고개를 끄덕였다.

"네, 보내 드릴게요."

이어 그의 커다란 몸이 만들어 내는 그림자가 카예나의 하얀 몸을 어둡게 뒤덮었다. 라파엘로의 끓는 목소리가 카예나의 귀에 축축하게 달라붙었다.

"조금만 있다가요."

─⊱◈⊰─

사람 사는 흔적이라고는 전혀 없는 으스스한 어느 저택 앞.

카예나는 간편한 차림에 머리카락을 하나로 질끈 묶어 두고 로브를 뒤집어쓰고 있었다. 그녀의 곁으로는 바엘을 비롯해 비슷한 차림새인 다른 마법사들이 여럿 대기 중이었다.

저 저택 안에 평행 세계 능력을 사용하는 마법사가 있었다.

카예나는 뛰어난 시공간 마법사였다. 그랬기에 상대 마법사의 움직임을 잠깐 느리게 할 수도 있었고 공간 편집으로 상대 능력을 없애 버릴수도 있었다. 위험한 일을 처리할 때 그녀만큼 든든한 능력도 없었다.

카예나는 저택 근처로 공간을 이동했다. 안에서 여린 목소리가 들려왔다.

"재미없어. 이 녀석도 재미없어. 다 재미없어!"

저택 안에는 다섯 명쯤 되는 사람이 나란히 누워 있었다. 그 사이에서 체구가 작은 분홍빛 머리카락의 소녀가 품에 안은 인형을 마구비틀어 대며 신경질을 부렸다.

"이 멍청이들! 기회를 줘도 아무것도 못 하는 무지렁이들!"

카예나는 정신을 집중해 저 소녀를 지정된 장소로 이동시키려고 했다.

멈칫.

"누구야!"

소녀의 주변으로 괴이한 일그러짐이 나타났다. 카예나는 공간의 일그러짐을 역으로 비틀었다.

"칫! 그 황제인가 뭔가 하는 마법사지?"

소녀는 카예나와의 힘겨루기에서 지지 않고 팽팽하게 맞섰다. 왜 협회에서 지 소녀를 집지 못하고 협조를 요청했는지 능히 이해되는 힘이었다.

다만, 마구잡이식으로 능력을 쓰는 소녀와 달리 카예나는 전략적이었다.

"이익……! 약 올라!"

펑! 퍼펑!

소녀는 힘이 남아도는지 마법을 쏟아부었다.

'대체 언제까지 이렇게 대치하고 있어야 하는 거지?'

슬슬 힘에 부칠 때였다.

우웅—!

거대한 마력이 저택을 감싸는 게 느껴졌다. 드디어 협회에서 소녀를 포획할 마법을 발현한 모양이었다.

"흥. 마법 협회 녀석들, 꽤 공을 들인 모양이네."

소녀는 모든 공격을 중단하고는 입술을 비틀어 웃었다.

"좋아……. 그렇지 않아도 제국의 황제 정도 되는 사람이라면 얼마나 재미있는 걸 보여 줄지 궁금했는데 잘됐다."

카예나는 순간 불길한 예감을 느꼈다.

'뭐지? 분위기가 달라졌어.'

이럴 때는 무리하게 상대하지 않는 게 나았다. 카예나가 막 공간 이동으로 자리를 벗어나려 했을 때였다.

파앗!

바닥이 온통 황금빛으로 물들었다. 이 정도 규모라면 마법 시전자의 몸에 무리가 갈 게 분명했다. 그런데도 이런 짓을 하다니……!

몸의 통제력이 사라졌다. 빛이 솟구쳐 올랐고 카예나는 강한 현기증을 느꼈다.

'안 돼……. 라파엘로가 기다릴 텐데…….'

이윽고 세상이 하얗게 점멸했다.

─❈─

깜빡.

카예나는 너무 깨끗하고 밝은 공간에서 눈을 뜨게 되어 잠시 혼란스러웠다. 뭔가 착각하고 있는 게 아니라면 여긴 그녀가 황녀일 때 쓰던 침실이었다.

'내가 왜 여기에 있지?'

이건 꿈인가?

카예나는 방금까지 평행 세계 능력을 쓰는 마법사를 묶어 두려 하다가 갑작스러운 반격을 당했다.

그게 기억의 끝이었다.

스르륵.

몸을 일으키고 주변을 둘러본 그녀는 이곳이 황궁임을 더욱 확신할 수 있었다.

"대체 무슨 일이야……?"

흡. 카예나는 깜짝 놀란 표정으로 입술을 손으로 틀어막았다.

뭐지? 방금 내 목소리가 이상했는데? 꼭, 어린 시절의 것처럼 가늘고 여린…….

이상 현상은 그게 끝이 아니었다.

띠링!

경쾌한 알림음이 귓가에 들리며 카예나의 눈앞에 파란색 반투명한 게임 속 시스템 창 같은 것이 떴다.

['시청자'가 이곳은 평행 세계 안임을 알립니다.]

"……이게 뭐야?"

카예나는 공상 과학 영화에서나 나오는 홀로그램 같은 게 허공에 뜨자 당혹을 감출 수 없었다.

'지금 내게 무슨 일이 일어나고 있는 거지?'

그때 시스템 창의 글자가 바뀌었다.

['시청자'가 당신은 지금 아홉 살이라고 말합니다.]

"아홉 살?"

'아니, 그 전에 저 시청자는 누구야?'

카예나는 의문을 떠올림과 동시에 정답을 찾아냈다.

"……아, 평행 세계라면."

자신은 대치하고 있던 마법사에게 기어이 평행 세계 마법을 당하고만 것이다.

띠링!

[평행 세계의 규칙]

1. 등장인물 '카예나'의 마법 능력은 차단된다.

2. 평행 세계와 현실의 시간 흐름은 다르다. 이곳에서 10년이 흘러도 현실에서는 일주일이 채 지나지 않는다.

3. 주어진 퀘스트를 달성할수록 평행 세계는 힘을 잃는다.

카예나는 가늘어진 눈으로 규칙을 쭉 읽다가 폭 한숨을 내쉬었다.

"현실의 시간이 느리게 흐르는 건 다행인데……."

그건 다시 말해서 자신이 이 평행 세계 안에서 긴 시간을 보내게 될지도 모른다는 뜻이 아닌가?

그것도 아홉 살부터.

'아냐. 바옐이 어떻게든 해 주겠지. 협회도 그렇게 무능하진 않을 테고.'

……라파엘로가 기다릴 텐데.

카예나는 심경이 몹시 복잡해진 상태로 침대에서 내려왔다. 보드라운 슬리퍼에 조그마해진 발을 집어넣고 거울로 다가가 모습을 확인했다.

"맞네, 아홉 살."

자신이 아홉 살에 정확히 이 모습이었는지까지는 기억나지 않았다. 하지만 이 작은 키와 체구를 보니 인정하지 않을 수 없었다.

달칵. 그때 노크도 없이 문이 열렸다.

'누구지?'

문 쪽을 돌아본 그녀는 순간 저도 모르게 숨을 멈췄다.

자신보다 좀 더 선명한 금발과 푸른 눈동자. 살짝 처진 눈에 잘 어울리는 온순한 표정.

"누님."

어린 시절의 레제프였다.

"……레제프."

카예나가 미처 충분히 경악하기도 전에 다시 끼릭! 하고 소리가 들렸다.

[메인 퀘스트(1) - 황실의 패륜아, '레제프' 갱생시키기!]

에스테반 황제를 독살하고 황위를 차지하여 유일한 혈육 '악녀 카예나'마저 죽이게 되는 미래의 폭군, 레제프.

그를 갱생시키고 황실의 질서를 확립하여 미래를 지켜 주세요!

보상 - 평화로운 미래

"뭐?"

카예나는 저도 모르게 미간을 팍 찡그리며 반문했다.

"네?"

"잠깐만, 조용히 해 봐."

"……."

카예나는 어디에서부터 화를 내야 좋을지 감이 오지 않았다.

그래, 평행 세계에 떨어졌고 자신은 어려졌다. 거기까지는 이해했다.

그런데 갑자기 동생을 갱생시키라고? 그리고 뭐?

'보상이 평화로운 미래?'

카예나는 자신을 이곳에 빠트린 빌어먹을 마법사를 앞에 붙들어 놓고 네가 얼마나 멍청하고 형편없는 짓을 하고 있는지 일장 연설하고 싶었다.

하나 이미 퀘스트는 주어졌다.

"누님, 왜 그러십니까?"

고작 여덟 살 주제에 벌써 능숙하게 가면을 쓰고 자신을 대하는 레제프를 빤히 바라보았다.

카예나는 레제프의 갱생을 위해 지금 해야 할 일을 금방 떠올릴 수 있었다.

딱!

"아얏!"

바로 꿀밤 먹이였다.

"누, 누님?"

레제프는 카예나에게서 세 발짝 뒤로 물러나 제 머리를 부여잡으며
당혹스러움을 금치 못하는 표정을 지었다.

['시청자'가 그건 레제프의 화만 부추길 뿐이라며 지적합니다.]

'그래서 어쩌라고?'

카예나는 잔뜩 화가 난 표정을 지었다.

"못된 녀석."

"……무슨 말씀이십니까?"

카예나는 다시 성큼성큼 레제프를 향해 다가갔다. 레제프는 또 꿀
밤을 맞을까 봐 머리를 감싸며 눈을 질끈 감았다. 그러나 예상했던
꿀밤은 없었다.

꽈악-.

카예나는 자신만큼이나 작아진 동생을 숨이 막히도록 안았다.

"레제프, 내 동생."

"……."

레제프는 그대로 얼어붙었다. 곧 어깨가 축축해졌다. 그것이 뜻하
는 바는 명확했다. 카예나가, 누이기 지금 울고 있다. 늘 하던 데로 소
리 지르고 투정 부리듯이 우는 게 아니라 아주 조용히, 뭔가를 삭이

는 울음이었다.

레제프는 어깨를 적시는 눈물의 무게에 짓눌렸다.

……누님이 갑자기 왜 이러지?

그는 카예나를 잘 알았다. 자신이 속살거리는 대로 멍청하게 다 믿고 그저 짐승처럼 본능에 몸을 다 맡기는 철부지 어린애. 분명히 그 이상도 그 이하도 아니었다.

"넌 정말 못된 아이야."

카예나는 짙은 슬픔에 잠겨 그를 탓했다. 하지만 탓하는 말과는 달리 자신을 꽉 끌어안는 몸짓은 너무나 애틋해서, 지독하리만큼 슬퍼서 혼란스러웠다. 그가 아는 카예나 힐은 이런 사람이 아니었다.

레제프는 초조하게 입술을 꽉 깨물었다. 그가 상대하기 귀찮은 누이를 찾아온 이유는 따로 있었다. 카예나의 유모인 엘리반 부인과 더불어 황녀궁 시녀들을 별 탈 없이 모조리 내치기 위해 그녀를 설득하러 온 참이었다.

한데, 카예나가 이상한 행동을 보였다. 누이는 단 한 번도, 자신을 이렇게 안아 준 적 없었다. 레제프는 어금니를 꽉 닿아 물고 주먹을 틀어쥐었다.

'대체 무슨 속셈이야, 카예나?'

그는 고작 여덟 살이지만 더할 나위 없이 교활해 카예나가 온통 제 마음을 뒤흔들고 있는 이 순간에도 가면을 뒤집어썼다.

"누님, 무슨 일 있었어요? 제가 뭘 잘못했다면 부디 용서하세요. 저는 누님밖에 없잖아요."

"싫어."

"……."

레제프는 교활했지만, 아직 여덟 살이었기에 이 막무가내식 대답에 어떻게 대처해야 할지 빠르게 떠오르지 않았다.

그사이 카예나는 그를 더욱 세게 끌어안고 하염없이 눈물을 쏟아 냈다. 어깨를 적신 눈물에 마침내 레제프의 심장까지 젖도록.

그는 그게 몸서리칠 정도로 끔찍했다.

레제프는 누이가 입에 발린 말을 그대로 믿는 멍청한 계집이라는 사실을 잘 알았다. 그딴 누이가 자신을 뒤흔들었다는 사실을 인정할 수 없었다.

팍!

"대체 왜 이러는 거냐고!"

그래서 카예나를 거칠게 밀치며 화냈다. 인내하고 또 인내하며 간신히 제 말만 믿게 만든 누이에게, 단 한 번도 큰소리 낸 적 없었던 그가 소리쳐 버린 것이다.

레제프의 눈가는 분노 때문인지 혹은 다른 이유 때문인지 붉게 물들어 있었다.

카예나는 눈물에 흠뻑 젖은 얼굴로 레제프를 매섭게 노려보았다.

"널 미워하고 싶어, 레제프."

"뭐……?"

"나는, 그래도 되잖아. 끝까지 날 갖고 논 널 미워해도 되는 거잖아."

"……."

카예나는 소매로 볼품없이 눈물을 슥슥 닦았다. 다 자란 숙녀처럼 행동하며 찬사받길 좋아하는 카예나라면 절대 하지 않을 거친 행농이었다.

레제프는 카예나에게 계속해서 충격받았다. 들켰다. 그녀를 마리오네

트로 삼아 조종하려던 것을 들켜 버렸다. 온몸의 피가 차갑게 식었다.

카예나는 흐느끼며 말을 이었다.

"그런데, 내가 어떻게 그래?"

네가 왜 부왕께 미움받았는지, 얼마나 고통스러웠는지 아는 내가 널 어떻게 미워만 하겠니? 내가 어떻게 널 계속 미워하겠니, 레제프…….

레제프는 뻣뻣하게 굳은 채 아무런 말도 하지 못했다. 입술 사이로 신음만 비집고 나왔다.

카예나가 다시 그에게 다가왔다. 그녀가 손을 뻗어 왔다.

움찔!

레제프는 도망치고 싶어졌다. 그냥, 그래야 할 것 같았다.

카예나가 그의 뺨을 쓸어 주었다. 어느새 레제프의 눈가를 타고 눈물이 흐르고 있었다.

레제프는 자신이 눈물을 흘리고 있다는 사실을 그제야 자각하고는 화들짝 놀랐다.

그때 카예나가 말했다.

"이번엔 내가 지켜 줄게."

여긴 평행 세계다. 자신은 원래 세상으로 돌아가게 될 것이다. 그때까지 얼마의 시간이 걸릴지는 모르겠지만.

'이 순간이 단지 한낮의 꿈일지라도.'

그래도, 이렇게 해야 후회하지 않을 것 같았다.

"그러니까 누나 말 들어."

레제프는 눈을 휘둥그레 뜬 채 그녀의 말을 고스란히 듣기만 하다가 입술을 잘근 짓이겼다.

"……상종을 못 하겠군요."

그러고는 싸늘함을 가장하며 카예나의 손을 쳐 냈다.

"어디서 이상한 소리라도 들었습니까? 애석하게도 내게 그런 허튼 수작은 안 통해요, 누님."

카예나는 소매를 끌어 잡고 눈물에 얼룩진 얼굴을 벅벅 문질러 닦아 주었다. 그 역시도 평소의 그녀와 거리가 먼 행동이었다.

레제프는 미간을 좁혔다.

'고작 누님이 눈물을 닦는 것뿐인데 왜 내가 저 행동 하나하나에 신경을 곤두세워야 하지?'

카예나는 어느새 말끔해진 얼굴로 발톱 세워 경계하는 동생을 향해 작게 웃어 주었다.

"과연 그럴까?"

"……하, 벌써 당신의 뻔뻔한 속내를 들켰다는 걸 모르겠어요? 누님은 도대체."

"내 속마음은 너랑 친하게 지내야겠다는 건데. 그걸 들켜 버린 건가?"

"저는 지금 장난하자는 게 아닙니다!"

레제프는 끔찍한 농담이라도 들은 사람처럼 표정을 더 확실하게 구겼다. 레제프는 지금 그토록 공들여 만든 착한 동생 가면이 완전히 벗겨졌다는 사실을 인지하지 못하고 있었다.

"너는 나랑 친해지게 될 거야. 누님, 누님 하며 내 뒤를 졸졸 따라다닐걸?"

어리숙하고 귀여운 동생 같으니.

"익……!"

레제프는 자신이 안전히 어린애 취급당했다는 사실에 분통이 터져 더는 이곳에 있고 싶지 않았다.

'뭐? 누님, 누님 하며 당신을 졸졸 따라다닐 거라고? 천만에!'

절대, 절대로 그럴 일은 없을 것이다!

"됐습니다. 말을 말죠!"

그는 얼굴이 새빨갛게 물든 채 문을 쾅 닫고 나가 버렸다.

띠링!

['시청자'가 예상치 못한 흥미로운 전개에 광분합니다.]

['시청자'가 어서 다음으로 넘어가라고 재촉합니다.]

"시끄러워."

카예나는 귀를 틀어막으며 차갑게 쏘아붙이고는 침대에 털썩 누웠다.

하아. 이제 어떻게 꼬드긴담?

벌컥!

"레제프, 뭐 해?"

벌컥!

"레제프, 놀자."

벌컥!

"레제프, 밥은?"

벌컥!

"레제프, 자니?"

카예나가 선택한 방법은 육탄전이었다.

레제프가 아무리 영악하다 해도 아이는 아이였다. 골치 아픈 술수를 부려 봤자 알아먹지도 못할 것이다. 그리고 애를 꼬드기는 데는 그리 대단한 수완이 필요치 않다. 관심과 애정을 지속적으로 주면 될 일이었다. 사실 그게 레제프에게 가장 필요했다.

그리하여 평행 세계로 떨어진 지도 벌써 사흘째. 카예나는 어김없이 남동생의 방문을 허락도 구하지 않고 거칠게 열어젖혔다.

벌컥!

"레제프……"

"그만 좀 하십시오!"

레제프는 갑자기 뭘 잘못 먹기라도 한 것처럼 구는 누이에게 완전히 질린 표정을 지었다.

"내가 뭘 했다고 그래?"

카예나는 뻔뻔하고 천연덕스럽게 고개를 갸웃거렸다.

레제프는 뭐라고 반박하고 싶은 마음이 굴뚝같았지만 애써 억눌렀다.

'더는 휘둘리지 말자.'

솔직히 지금 이만큼이나 휘둘린 것도 말이 되지 않고 자존심 상하는 일이었다.

"곧 수업이 있습니다. 나가 주세요, 누님."

그의 단호한 축객령에 카예나는 어깨를 으쓱했다.

"알겠어."

"……?"

지금은 또 왜 이렇게 순순하게 물러나지? 레제프는 공연히 불안해졌으나 괜한 상념일 뿐이라고 치부하며 마음에서 떨쳐 냈다.

물론 카예나는 그의 불안감대로 다른 꿍꿍이가 있었기에 유감없이 몸을 돌린 터였다.

방을 나오던 그녀는 문앞에서 누군가와 맞닥뜨렸다.

까딱.

상대는 황녀를 보았음에도 시건방진 태도로 고개만 살짝 숙였다. 오호라. 상당히 오만방자한 것을 보니 카예나를 끈 떨어진 황녀라고 확신한 세력 출신인 듯한데…….

그 남자는 곧 레제프가 있는 방으로 들어갔다.

"가정 교사인가 보네."

카예나는 레제프의 가정 교사가 누구였는지 제대로 기억하고 있지 않았다. 이때의 그녀는 어렸고 동생에게 그다지 관심도 없었다.

다만 지금의 카예나는 달랐다.

"저 남자 누구였어?"

카예나가 레제프의 방 앞을 지키는 기사에게 물었다. 그가 대답했다.

"가정 교사인 칼란도 선생입니다."

"칼란도라……. 아, 에반스 후작가의 봉신 가문이구나."

기사는 당혹스러운 표정으로 눈을 끔뻑거렸다. 황녀가 어떻게 그 정보를 알고 있는지 의아했다.

'수도의 유력한 귀족 가문도 제대로 모른다고 들은 것 같은데…….'

카예나는 대수롭지 않은 표정으로 기사에게 고맙다고 말한 뒤 제 방으로 돌아갔다.

그곳에는 엘리반 부인이 떡하니 서서 그녀를 기다리고 있었다.

"또 황자 전하의 방에 다녀오셨습니까?"

"내가 달리 갈 곳이 없잖아, 유모."

엘리반 부인은 고개를 절레절레 흔들었다.

"전하……. 레제프 황자 전하를 조심하셔야 합니다."

유모는 거기서 뭔가 더 언급하지는 않았다. 카예나는 그게 마음이 아팠다.

'이때쯤이면 레제프가 유모를 비롯해 황녀궁 시녀들을 다 내치려고 하고 있을 때인데.'

하지만 유모는 어린 카예나를 앞세워 정치질할 생각이 전혀 없어 보였다. 그러니 원래 세상에서도 그렇게 순순히 유배당하셨을 테지.

카예나는 눈시울이 시큰거려 엘리반 부인을 향해 달려가 그녀의 치마폭에 폭 안겼다.

"나도 알아. 그래서 잘해 주고 있어."

엘리반 부인은 카예나가 갑자기 어리광 피우자 의아한 표정을 지었다가 곧 잔잔한 미소를 지으며 마주 안아 주었다.

"이번에는 내가 모두 지킬 거야. 유모도 지켜 줄게."

엘리반 부인은 그게 어린아이의 치기라고 생각하면서도 카예나의 말에서 묘한 무게감을 느꼈다.

'어쩐지 며칠 사이에 많이 바뀌신 것 같은데.'

요즘의 카예나는 종종 아홉 살짜리답지 않은 표정이나 말투를 쓸 때가 있었다. 아니, 비단 그런 것만이 아니라 더 극적인 변화가 있었다.

카예나가 더는 말썽을 부리지 않았다. 투정도 부리지 않았다. 마치 다 큰 아가씨를 모시기라도 하는 것처럼 요즘 카예나를 돌보는 일이 몹시도 편했다. 외려 카예나가 시녀들이 똑바로 일하도록 적절히 일을 지시할 때가 있었으니, 엘리반 부인은 매일같이 놀랐다.

"나 레제프에게 긴식을 기저다 줄게, 유모."

"준비하겠습니다."

카예나는 이 보 전진을 위해 일보 후퇴하는 작전을 펼쳤다.

아까 순순히 그의 축객령을 따른 것은, 그의 수업에 간식을 전해 준다는 핑계로 쭉 눌러앉으려는 계략이 있기 때문이었다.

카예나는 유모가 준비해 준 간식을 쟁반에 놓고 손수 들고 레제프의 방으로 향했다.

기사들과 시종들이 난감하게 카예나를 내려다보았다.

"황녀 전하, 황자 전하께서는 아직 수업 중이십니다."

"나도 알아."

"예? 아, 예……. 중요한 용건이시면 안에다 아뢸까요?"

"아니."

그랬다가는 안에 엉덩이를 붙이기는커녕 이 자리에서 쫓겨나겠지.

카예나는 뚝심 있게 무례를 저질렀다.

벌컥! 그리고 말도 안 되는 장면을 목격했다.

짜악! 레제프가 바닥에 무릎을 꿇은 채 가정 교사가 휘두른 마편에 등을 맞고 있었다.

카예나의 표정이 얼음장처럼 싸늘하게 굳었다.

"지금 내가 뭘 본 거지?"

"……!"

레제프는 눈을 잘게 떨며 카예나를 당혹스럽게 보았다.

'누님이 왜 여기에……?'

왜, 왜 하필 지금 이럴 때……!

가정 교사가 미간을 구기며 카예나의 무례를 지적했다.

"황녀 전하, 수업 중에 허락도 없이 들어오시면……"

카예나는 가정 교사에게 다가가 손에 든 쟁반을 그대로 그자의 면

상에 집어 던졌다.

빡!

"아악!"

쟁반과 접시, 과자가 바닥에 파다하게 흩뿌려졌고 가정 교사는 그대로 코피를 흘렸다.

"이, 이게 무슨 짓입니까!"

그가 당장 카예나에게 마편을 휘두를 듯이 위협적으로 소리쳤다. 레제프는 저도 모르게 움찔하며 손을 반쯤 들어 올렸다. 저 마편에 누이가 맞으면 몸이 산산조각 날지도 몰랐다.

카예나는 표정에 한 치의 미동도 없이 이번에는 촛대를 들어 집어 던졌다. 가정 교사는 간신히 팔로 막기는 했으나 황동 촛대에 얻어맞은 아픔이 없는 것은 아니었다.

"미쳤습니까!"

그제야 카예나가 입을 열었다.

"황족 모독인가?"

"……뭐라고요?"

서늘한 긴장감을 느낀 가정 교사는 주춤했다. 카예나의 오연한 표정과 싸늘한 한기가 느껴지는 눈동자를 마주하고 있으니 이상하게도 옴짝달싹할 수 없었다.

꼭, 목을 물어뜯기기 전의 사냥감처럼.

카예나는 흐트러짐 하나 없는 목소리로 태연히 말을 이었다.

"감히 위대하신 에스테반 힐 황제 폐하의 장녀인 내게 근거 하나 없이 미쳤냐는 말을 입에 담지 않았느냐?"

입에 담은 말 한마디 한마디가 무엇도 좌시할 수 없는 내용이었다.

가정 교사의 표정이 사색이 되었다.

"저는, 저는 황제 폐하의 명으로 황자 전하의 훈육을 도맡았으며 이것은 제 권한입니다! 아무리 황녀 전하라 하여도 저를 이렇게 핍박하시는 건……."

"그 입 닥쳐라."

카예나의 목소리는 크지 않았다. 그러나 입 닥치라는 말이 마치 귓전에 떨어진 천둥소리처럼 들렸다.

가정 교사는 마른침을 삼켰다. 뭔가 잘못 돌아가고 있었다. 그래, 확실히 뭔가 이상했다. 그가 아는 카예나 황녀는 저렇게 위엄 있지도 않았고, 눈빛 하나로 사람을 오싹하게 하는 재주도 없었다!

카예나는 한 걸음, 한 걸음 그들을 향해 다가갔다.

레제프는 이 상황을 그저 멍한 표정으로 지켜보고 있었다. 카예나는 꼴사납게 다리를 후들거리며 뒷걸음질 치는 가정 교사의 손에서 마편을 빼앗았다. 그리고 바닥에 집어 던지듯 떨어트리고 발로 짓밟았다. 레제프의 시선이 하염없이 그 짓밟힌 마편에 닿아 있었다.

"화, 황녀 전하, 이건, 명백히 황제 폐하의 뜻을 거역하는……."

가정 교사는 끝까지 황제를 앞세워 카예나를 겁박하려 들었다. 카예나는 하, 하고 비릿한 조소를 흘리더니 아직도 정신 못 차리는 가정 교사의 정강이를 발로 차 버렸다.

"크윽!"

카예나는 고개를 절레절레 흔들며 안타깝다는 듯한 어조로 말했다.

"멍청한 것도 정도가 있지. 아직도 깨우치지 못하였느냐?"

"대체 제게 왜 이러십니까!"

그의 비명 같은 외침에 카예나는 숨 막히도록 짙은 위엄을 드러냈다.

"칼란도 선생. 그대가 에반스 후작가의 최측근이나 다름없는 봉신 가문 가신이라 눈에 뵈는 게 없다는 건 알겠다."

"……."

가정 교사는 카예나를 멍청한 황녀라고 알고 있었다. 그도 그럴 것이, 그녀는 아직도 제국의 유력한 귀족 가문 이름을 거의 외우지 못했기 때문이다.

따라서 지금까지 레제프의 가정 교사가 에반스 후작가의 가신이라는 것도 당연히 몰랐다. 아니, 모르는 줄 알았다.

"하지만 자네는 에반스 후작은커녕 고작 봉신 가문…… 백작가였지? 그런 나부랭이가 아홉 살짜리에게 맞고도 뺨을 올려붙이지 못하고 있지. 왜겠는가?"

"……."

"그건 내가 황녀기 때문이야."

혈통으로는 현 황제의 자식 중 누구도, 그러니까 레제프, 이델과도 감히 비교할 수 없는 고결한 피의 주인이기에. 제국의 유일한 황녀기에.

"부왕의 명을 거역했다, 라. 그러면 어떠한가? 어쩌면 꾸중을 조금 들을지도 모르겠지."

카예나는 한쪽 입꼬리를 비틀어 올렸다.

"자네는 목이 달아나겠지만."

"……저, 전하! 죽을죄를 지었습니다! 소신이 잠시 미쳐서, 정신이 나가서 헛소리를 지껄였습니다!"

"아닐세. 자네는 옳은 소리를 했네. 그래, 난 미쳤지."

칼란도 선생은 얼굴이 완전히 사색이 되어 얼른 두 무릎을 꿇었다.

"그게 아닙니다……! 어찌 그리 말씀하십니까? 제 진의가 아니었습니다, 전하. 잘못했습니다. 미천한, 벌레 같은 제가……!"

"칼란도 선생. 자네는 진짜 잘못한 게 뭔지 아직도 모르는군."

카예나가 레제프에게 다가와 그를 일으켜 품에 안았다. 작고 가녀린 품이었다.

그런데…… 완벽히 안전했다.

카예나는 그를 보호하며 바닥에 엎드려 비는 가정 교사를 싸늘하게 내려다보았다.

"자네는 지엄하신 황제 폐하의 아들, 레제프 황자를 가르칠 자격이 없다."

그녀는, 하잘것없던 자신의 누이는, 그에게 신이 되었다.

"칼란도 선생. 아니, 죄인 칼란도. 너는 해고야."

그의 신이 성언을 내렸다.

"당장 저자를 끌어내라."

카예나의 위엄에 압도당해 있던 이들은 방금까지도 하나같이 넋이 나가 있다가 차가운 명령조에 정신을 번쩍 차렸다.

"……예, 옛!"

띠링!

['시청자'가 쏟아지는 사이다에 축제를 벌입니다. 벌레만도 못한 가정 교사를 더 짓밟으라고 종용합니다.]

카예나는 갑자기 울리는 알림에 차갑게 분노하던 것도 잠시 잊어버렸다. '사이다'라니? 마법사가 그걸 어떻게 알아?

카예나는 속으로 혀를 차고는 레제프를 바라보았다.

그러자 북풍한설처럼 냉기가 풀풀 흩날리던 시린 벽안에서 거짓말처럼 순식간에 온기가 피어났다. 그건 꽃망울이 터지는 순간보다도 더 감미로운 장면이었다.

조그마한 손이 레제프의 손을 꼭 잡았다.

"가자."

그녀가 지옥에서 끌고 나와 주었다. 레제프는 감히 입을 열지도 못한 채로 카예나의 손길에 이끌려 어디론가 향했다.

이 손길이 저를 새로운 지옥으로 떨어트리더라도 괜찮을 것만 같았다…….

카예나는 새로운 지옥 대신 그를 황녀궁으로 데려갔다.

"유모, 의원을 불러와 줘. 레제프가 다쳤어."

레제프는 카예나의 방에서 얌전히 앉아 있다가 의원에게 등을 보였다. 마편으로 채찍질당한 등은 멍으로 가득했다.

"내가 왜 몰랐을까……!"

카예나는 억장이 무너지는 듯한 목소리로 한탄하며 표정을 일그러트렸다. 눈가에는 눈물이 차올랐다.

레제프는 마음이 불편했다.

"……왜 그러셨습니까?"

"무슨 질문이 그러니?"

"부왕께서 직접 허하신 일이 있습니다."

카예나가 멈칫했다.

"그건 부왕께서 잘못하셨구나."

그 단호한 말에 주변에 있던 이들이 모두 경악하고 말았다. 아무리 카예나가 황제의 딸이라고는 하지만 위험한 발언이었다.

그러나 카예나는 개의치 않았다.

"걱정하지 마, 레제프. 누나가 널 지켜 줄게."

"……."

카예나는 엘리반 부인을 돌아보았다.

"부왕을 뵈어야겠어, 유모. 레제프는 한동안 내 방을 같이 쓸 거니까 준비해 줘."

"……네? 제가 왜 황녀궁을 씁니까?"

레제프는 누이의 파격적인 발언에 소스라치게 놀랐다.

그러자 카예나가 그의 머리카락을 한차례 휘저어 주며 다정하게 말했다.

"혼자는 무섭잖아."

"……안 무섭습니다."

"내가 무서워서 그래. 응?"

대체 뭐가 무섭다는 건지……. 그런 사람이 앞뒤 재지도 않고 부왕이 직접 심은 가정 교사를 때리고 감옥에 집어넣는단 말인가?

정말 말도 안 되는 소리였다.

하지만 레제프는 더 반항하지 않았다. 이 보호가 너무 달콤해서 이대로 머무르고 싶다는 생각이 서서히 간절해졌다.

카예나는 빙긋 웃으며 레제프의 머리를 쓰다듬어 주었다.

"오늘은 착하구나."

"하……."

오늘은 착하다니, 그럼 평소에는 못돼 먹었다는 뜻인가? 뭐, 사실이기는 했다. 레제프는 어이가 없었지만 불퉁하게 입술을 내민 표정으로 가만히 그 손길을 받았다.

띠링!

[메인 퀘스트(1) – 황실의 패륜아, '레제프' 갱생시키기! 완료.]

주변에서는 고작 여덟 살 주제에 감당하기 어려울 정도로 영악한 레제프가 순한 양처럼 구는 것을 보고 마른침을 삼켰다.

이 변화를 만들어 낸 게 그 천방지축 카예나 황녀라니…….

물론 요즘 뭔가 바뀐 것 같기는 했지만 그래도 놀랍기 그지없었다.

그때 엘리반 부인이 끼어들었다.

"황자 전하의 짐을 이곳으로 옮겨 두겠습니다."

"응. 나는 부왕께 다녀올게."

"시중인을 붙여 드릴까요?"

"아니. 혼자가 좋겠어."

카예나는 홀로 중앙성으로 향했다.

띠링!

[서브 퀘스트 – 에스테반 황제의 복수를 포기시켜라!]

선황후의 부정에 깊은 배신감을 느껴 레제프를 이용해 자신의 복수를 완성하려는 에스테반 황제.

그의 복수를 저지하여 황실의 평화를 찾아 주세요!

보상 – [건너뛰기] 2회 사용권

멈칫.

"건너뛰기?"

카예나가 미간을 찡그리며 의아하게 중얼거리자 상태창이 바뀌었다.

[건너뛰기]

사용 시 등장인물 '카예나'가 원하는 때에 특정 구간을 건너뛰어 미래로 갈 수 있는 능력.

생략된 시간은 등장인물 '카예나'의 캐릭터 베이스대로 활약한 것으로 자동 처리된다.

*건너뛰는 시점은 무작위다.

"……."

괜찮은 것 같기도 하고, 아닌 것 같기도 하고…….

어쨌거나 지금 중요한 건 부왕을 만나 더는 우리 남매를 괴롭히지 말라고 담판을 짓는 것이다.

"폐하를 뵈러 왔네."

기억보다 훨씬 젊은 모습의 루든 시종장이 너구리처럼 웃는 낯으로 말했다.

"황녀 전하, 죄송하지만 지금은 폐하께서 오수에 드셨습니다."

그러니 나가 보라는 이야기였다. 하나 카예나는 부왕이 오수에 드는 시간을 알고 있었다.

"언제부터 부왕께서 오수를 한 시간이나 앞당기셨지?"

"……."

루든은 설마 카예나가 황제의 오수 드는 시간을 알고 있을 줄 몰랐기에 잠시 말문이 막혔다.

카예나는 빙긋 웃으며 싸늘하게 통첩을 내렸다.

"허튼수작 부릴 생각은 말고 똑바로 고해, 루든 시종장. 자네는 황녀를 기만할 생각인가?"

방금도 날 기만하려던 어떤 개자식을 처리하고 오는 길인데.

루든은 카예나가 거만하리만큼 고고한 태도로 저를 깔아 보는 것에 가슴이 서늘해졌다. 카예나는 과연 몸속에 흐르는 피가 어디 가는 게 아니라는 듯 누구보다도 '황족'답게 냉혈하고 압도적이었다. 루든은 곧장 고개를 깊숙이 숙였다.

"……부디 소신을 용서하여 주십시오."

"정녕 용서를 바란다면 지금 당장 부왕의 침실로 들어가는 게 좋을 거야."

대체 황녀가 언제부터 이렇게 바늘 하나 들어가지 않는 성격이었을까?

루든은 시종일관 싸늘한 표정으로 냉엄하게 말하는 카예나에게 적응하지 못했다. 그는 고작 아홉 살짜리 황녀의 페이스에 휘말려 황제의 침실로 들어갔다.

곧이어 문이 열렸다.

"들어와라."

이때는 에스테반 황제의 병이 아직 심각해지지 않은 시기였다. 그래서인지 황제의 목소리에 힘이 느껴졌다. 그만큼 호락호락하지 않으리라.

그러나 카예나는 조금도 위축되지 않은 태연사악한 모습으로 부왕의 침실에 들어갔다.

꽤 정정한 아버지의 모습은 별다른 감흥이 들지 않았다.

카예나는 들어가자마자 바닥에 두 무릎을 꿇고 인사 올렸다.

"자리하시는 곳마다 광영이 비추고 홍복을 누리소서. 제1 황녀 카예나 힐이 부왕 폐하를 뵙습니다."

그러고서는 두 손을 모아 바닥에 엎드렸다. 이건 결코 황녀가 할 법한 행동이 아니었다. 게다가 카예나가 입에 담은 인사말 또한 예사롭지 않았다.

황제의 곁에 선 루든 시종장을 비롯하여 기사들과 시종들이 하나같이 경악한 표정을 지었다.

대체 황녀가 왜 저러지? 미쳤나? 그런 표정들이었다.

그들 사이에서 오직 에스테반 황제만이 서늘한 눈빛으로 제 딸을 내려다보았다.

"감히 짐의 앞에서 머리를 굴리느냐?"

카예나는 엎드린 자세 그대로 말을 이었다.

"이게 부왕께서 바라시는 바가 아니셨습니까?"

"……"

이번 침묵은 차라리 비명에 가까웠다. 다들 간이 배 밖으로 나오다 못해 정신이 나간 듯한 카예나를 보며 입을 틀어막거나 바짝 졸아들었다.

와…… 이거 어떡하지? 그들은 쉴 새 없이 에스테반 황제를 살폈다. 혹시라도 기분이 몹시 상한 황제가 카예나의 방만에 대한 죄를 시종들에게 물을 수도 있는 노릇이었다.

황제는 질책 대신 다른 화제를 입에 담았다.

"레제프의 가정 교사를 뇌옥에 가두었다지?"

"그 무도한 자가 감히 부왕의 뜻을 제멋대로 왜곡해 기만하기까지

하였습니다.”

카예나는 가정 교사가 레제프에게 잘못했다고 하지 않고 황제의 얼굴에 먹칠했다고 말했다.

“감히 부왕의 권위를 빌려 황족에게 손을 댄 파렴치한 범죄자입니다.”

자신이 가정 교사를 처벌한 이유는 부왕의 체면 때문이었다는 뜻이었다. 여기서 카예나를 질책하면 황제의 꼴이 우습게 될 터였다.

“……하. 하하!”

황제는 살얼음판 같은 분위기 속에서 홀로 웃음을 터트렸다.

“건방지구나. 감히 짐을 상대로 수 싸움을 하려 드느냐?”

“소녀의 충심과 효심에는 거짓됨이 없습니다.”

“건방지구나. 참으로 건방져.”

한데 그리 말하는 황제의 목소리가 유쾌했다. 외려 눈빛은 그 어느 때보다 너그럽게 누그러진 채로 딸을 내려다보고 있었다.

“일어나라.”

카예나는 기다렸다는 듯이 반듯한 자세로 일어나 모습을 정리했다.

행동에서 자연스레 흘러나오는 제왕의 분위기가 황제의 눈에 선연히 비쳐 들었다.

제 딸이 언제부터 저런 분위기를 품고 있었지?

제왕이 되기 위한 교육이라고는 하나도 받아 보지 못한 저 아이가, 하늘이 내린 제왕이기라도 한 것처럼 완벽해 보였다. 저건, 필시 지배자의 눈빛이었다.

‘……놀랍군. 설마 카예나에게 이런 면이 있을 줄은 몰랐는데.’

그때 카예나가 말했다.

“아버지.”

부왕이 아닌 아버지라 불렀다. 애교 부리듯 살가운 목소리가 아니라 낮게 푹 젖은 목소리였다. 그에 황제가 멈칫했다.

카예나는 당당한 기세를 내뿜고 있다가 돌연 작은 소녀로 돌아갔다. 지금의 그녀가, 그 무엇보다도 하고 싶은 말을 입에 담았다.

"저와 레제프는 황족이지만 이렇듯 쉽게 맞고 쓰러지는 아무 힘 없는 아이들이에요."

카예나의 돌발 행동들에 도통 정신 차리지 못하며 입을 떡하니 벌리고 있던 이들이 하나둘 입술을 꾹 다물었다. 당황한 표정들은 여전했다. 그러나 아까와는 색깔이 완전히 다른 당황이었다.

카예나는 두 손을 살짝 모아 쥐었다. 담담하게, 그러나 짓물러 영원히 남는 흉터가 되어 버린 속내를 꺼냈다.

"다른 건 바라지 않아요. 그저, 저희를 불쌍히 여겨 주세요."

저희는 그저 조금 성격이 나쁜 남매도 될 수 있었어요.

아니, 누구보다도 사랑스러운 아이들이 될 수도 있었어요.

저희에게 누군가를 투영해 보지 말아 주세요.

부디 불쌍하게 여겨 주세요.

"그러면 저희는 아무것도 필요 없어요."

참담한 침묵이 흘렀다. 다들 쉬쉬하고는 있었으나 황제의 행동이 비정상적으로 냉혹하다는 사실을 모르지 않았다.

하나 황제이기에, 그리고 지금껏 카예나와 레제프가 그것에 불만을 표시한 적 없었기에 괜찮다고 생각했다.

그게 아니었다. 아이들은 아직 아이라서, 힘이 없어서 말하지 못한 것이었다. 자신에게 주어지는 불행에 반항조차 하지 못하고 그대로 쓰러져 짓밟히고 만 것이었다.

카예나의 눈빛은 올곧았다. 솔직하게 말하는 목소리는 흔들림이 없었다. 그 순수한 진심이 주변의 생각을 바꾸어 나갔다. 그녀의 감정에 전염되었다.

"레제프도 그렇게 생각하느냐? 그 아이는 황위를 원할 텐데."

황제의 물음에 카예나가 웃었다.

"레제프는 저 못 이겨요."

그러니 황제는 자신이 되겠다는 뜻이었다.

"끝까지 건방지구나."

에스테반 황제는 자신이 여전히 현역이라고 생각했다. 병이 있기는 했으나 아직은 젊다고, 여전히 강하다고 느꼈다. 그런데 저렇게 작은 몸집으로 솔직하게 부딪쳐 오는 딸을 보니, 버거웠다.

제왕의 자존심이 쉬이 굽혀지지 않았다. 평생 꼿꼿하게 서 있던 자만과 오만은 고작 이런 말들에 감화될 것이 아니었다.

하지만.

"그게 객기인지 자신감인지 확인해 보마."

딸에게 미래를 맡겨 보는 것도 나쁘지 않겠다는 생각이 들었다. 저 애가 황실을 이끄는 게 상당히 괜찮은 그림일 수 있겠다는 직감이 들었다.

"제1 황녀, 카예나 힐은 오늘부로 짐의 후계자로서 그 직무를 수행토록 하라."

침실에 있던 이들이 모두 무릎을 꿇고 외쳤다.

"경하드립니다, 전하!"

띠링!

[서브 퀘스트 – 에스테반 황제의 복수를 포기시켜라! 완료.]

[보상 - [건너뛰기] 2회 사용권이 주어집니다.]

정식 황태녀의 탄생이었다.

─ ❈ ─

카예나가 갑자기 황태녀가 되면서 레제프와 마찰이 있었다.

"이렇게 내 뒤통수를 치려고 한 거였어! 날 속였다고!"

그의 발악에도 카예나는 눈 하나 꿈쩍하지 않았다.

"그만 발광하고 밥이나 먹으렴. 그러다 키 안 큰다."

"……아악!"

레제프는 위협적으로 화를 내고 물건을 엎어도 '어디서 개가 짖나?'라는 표정으로 태연하기 짝이 없는 누이를 보며 견딜 수 없이 화가 났다.

아니, 난 이렇게 미치고 팔짝 뛰겠는데 대체 카예나는 왜 저렇게 태평한 건데?

이윽고 그 마음은 억울함이 되어 노발대발하던 것을 멈추게 되었다. 왠지 이렇게 화를 내는 게 지는 것 같았고 자신이 멍청해 보이는 것 같았던 탓이다.

"다 했니?"

카예나는 끝까지 그의 성질을 긁어 댔다. 그러고는 어처구니없게도 덥석 손을 잡아 왔다.

"그럼 이제 놀자."

"……."

누님은 제정신이 아니야. 레제프는 속절없이 그 손길에 이끌려 갔다. 입가에는 의식하지 못한 미소가 걸려 있는 줄도 모르고서.

['시청자'가 등장인물 레제프의 변화에 눈물을 흘립니다.]
['시청자'는 카예나의 타고난 조련 실력에 또다시 탄복합니다.]

'뭔 소리야?'
카예나는 시스템 창을 보며 속으로 혀를 끌끌 찼다.

['시청자'가 어서 건너뛰기를 사용하라고 유혹합니다.]

'하지만 그건 내 행동을 분석해서 임의로 미래를 만들어 낸다며?
그럼 허투루 할 수 없지.'

['시청자'는 대체 왜 그렇게 열심히 사는지 이해할 수 없다며 치를 떱니다.]
['시청자'가 대충 살기를 종용합니다.]

"큰일 날 소리를 하네."
카예나는 주변의 말을 빌리자면 '제왕이 되기 위해 태어난' 것처럼
황태녀로서 책무를 훌륭히 수행해 냈다.

['시청자'가 일하는 모습은 지루하다며 빨리 넘어가라고 재촉합니다.]
['시청자'가 제발 일은 때려치우고 어서 성장해서 로맨스로 넘어가자고
꼬드깁니다.]

카예나는 시스템이 졸라 대는 것을 가뿐히 무시했다.

그녀는 하나뿐인 개망나니 동생을 마치 애착 인형처럼 끼고 다니며 성실히 돌보았다.

"열심히 돌봐서 건너뛰기를 했을 때 착해진 레제프를 반드시 봐야겠어."

['시청자'가 헛된 꿈은 포기하라고 진심으로 조언합니다.]

−≫◦◦◦◦◦◦≪−

카예나와 레제프는 썩 잘 지냈다.

물론 아예 삐걱거림 없이 순탄하게 지내지는 못했다. 레제프는 자신의 삶에 카예나가 깊숙이 들어와 도저히 빼지도 못할 만큼 박혀 드는 것이 두려웠다. 카예나를 신처럼 우러러보다가도 때때로 거칠게 반항했다. 그럴 때마다 카예나는 가차 없었다.

"잘못을 반성할 때까지 우리는 남매 아니야. 날 누님이라고 부르지도 말고 찾아오지도 마."

그렇게 말하며 자연스럽게 같은 궁을 쓰던 레제프를 황자궁으로 내쫓아 버렸다.

"누가 너랑 남매 하고 싶대? 나도 너 같은 누나 필요 없어!"

레제프는 처음에는 씩씩거리며 제 궁으로 갔다가 하루 만에 눈물을 뚝뚝 떨어트리며 카예나에게 돌아와 빌었다.

"제가 잘못했어요, 누님……."

그렇게 카예나의 곁을 스스로 찾아가고, 또 찾아갔다.

"정말로 반성했어?"

"네에……."

"또 누나는 필요 없다고 화내고 갈 거니?"

"아니요……."

그렇게 눈물 젖은 얼굴로 서럽게 웅얼거리면 카예나는 집무 보던 것을 멈추고 한숨처럼 두 팔을 벌렸다.

"이리 오렴, 레제프."

레제프는 울먹이는 눈으로 눈치를 살피다가 카예나가 장난으로 팔을 거두려 하면 헐레벌떡 달려가 누이의 품에 안겼다. 카예나는 레제프의 머리를 쓰다듬고 등을 토닥이며 서럽게 흐느끼는 것을 달래 주었다.

"앞으로는 그러면 안 돼."

끄덕끄덕.

"오늘 같이 잘까? 레제프가 좋아하는 책을 읽어 줄게."

끄덕끄덕.

곁에서 카예나를 보좌하고 있던 엘리반 부인은 그 능수능란함에 혀를 내둘렀다.

카예나가 정식 후계자가 된 초기에는 반발들이 거셌다. 지금껏 레제프에게 공을 들여 왔던 숱한 유력 귀족들은 카예나의 자질을 의심했고, 그녀의 외가인 하멜 백작가는 완전히 신나서는 겁도 없이 제 세상인 양 설쳐 댔다. 카예나는 그런 외가를 쓸어버리는 것으로 자신을 증명했다.

이어 제 손으로 직접 카트린 린드버그와 이델을 거두어 정당한 대접을 받을 수 있게 도왔다.

"이델 린드버그기 권히를 위협힐 수도 있는네 어찌 그를 거두신 겁니까?"

"됐어. 내가 이겨."

이 평행 세계에서 언제까지 살지 모르지만 카예나는 원래 했던 대로 이델이 성년이 되면 황위를 물려줄 생각이었다. 그래야 남편이랑 달콤한 결혼 생활을 보낼 수 있을 테니까.

어느덧 카예나 10세.

그녀는 적당히 판을 짜 둔 다음 말했다.

"[건너뛰기] 사용."

띠링!

[등장인물 '카예나'의 행동을 분석합니다.]

[추산 완료.]

[시점을 이동합니다.]

번쩍! 빛이 세상을 휘감았다.

—❈◈❈—

카예나가 눈을 뜨자마자 본 것은 시스템 창이었다.

띠링!

['시청자'가 당신은 지금 열일곱 살이라고 말합니다.]

"열일곱 살?"

그럼 열 살에서 7년이나 더 지났다는 뜻인데. 카예나는 주변부터 살폈다.

"일단…… 내 방은 아니고."

아니, 황궁이 아니었다. 카예나는 미간을 좁혀 이 낯선 장소를 노려보듯 관찰했다.

똑똑.

그때 누군가가 문을 두드렸다.

"들어와라."

허락의 말이 떨어지자 영 얼굴을 알 수 없는 노신사가 들어왔다.

"아카데미 총장, 마턴이 황태녀 전하를 뵙습니다."

카예나는 이델을 처음 만났던 날에 보았던 기회주의적인 성격의 총장을 떠올렸다.

'저자는 내가 아는 원래의 총장과는 다른데.'

"반갑네."

일단 카예나는 이 상황을 파악할 필요가 있었기에 자연스럽게 대답했다.

"바쁘신 분을 아카데미까지 모시게 되어 대단히 죄송스럽습니다. 다만…… 사안이 사안인지라, 이거 참……."

마턴 총장은 손수건으로 땀을 닦으며 자신이 얼마나 당혹스러우며 불안한지를 여실히 드러냈다.

아카데미 총장이 나한테 왜 이러지?

카예나가 고개를 비스듬히 기울일 때였다.

"레제프 황자 전하께서는 그게…… 외람되오나 교우 관계가 원만하신 분은 아니십니다. 특히 이번에 마찰을 일으킨 학생이, 음……."

카예나는 그제야 자신이 왜 이곳에 있는지 깨달았다.

레제프는 원래와 달리 아카데미에 입학했고, 원래의 성격대로 지랄 맞았으며, 그 때문에 어떤 학생과 마찰을 일으켜 자신이 학부모 면담을 하게 되었다는 뜻이었다.

레제프……. 내가 그렇게 열심히 키웠는데도 어쩜…….

카예나는 골치 아프다는 듯이 미간을 문지르다가 문득 그의 나이를 떠올렸다.

'내가 열일곱 살이면 레제프가 열여섯 살이니까…… 사춘기로군.'

세상에. 끔찍했다.

"자네를 탓할 생각 없으니 레제프가 친 사고를 기탄없이 말하게."

"실은 황자 전하께서 평소에도 올리비아 학생과 사이가 좋지 못했습니다만, 이번에는 문제가 조금 커서 키드레이 공작가까지 개입한 터라 부득이하게 황태녀 전하를 모셨습니다. ……중재를 좀 부탁드리려고요."

카예나의 귀에 두 단어가 콕콕 박혀 들렸다.

올리비아. 그리고 키드레이.

"그래서 내 동생은 어디에 있지?"

마틴 총장은 얼른 문밖으로 두 손을 뻗었다.

"제가 안내해 드리겠습니다."

띠링!

['시청자'가 올리비아, 줄리아, 베라, 수잔이 당신의 절친한 친우들이라고 설명합니다.]

'그렇게 되었구나.'

카예나는 반가운 이름들에 피식 웃었다.

'……근데 내 친구가 된 올리비아와 레제프가 왜 싸운 거지?'

그들은 소동을 벌인 두 재학생이 있는 면담실로 자리를 이동했다.

한쪽은 열 받은 표정을 숨기지 못하고 씩씩거리는 레제프.

반대편에는 단정한 표정으로 얌전히 두 손을 모은 채 앉아 있는 올리비아.

그들은 카예나가 등장하자마자 벌떡 일어났다.

"황태녀 전하를 뵙습니다."

올리비아는 반가움이 가득한 표정으로 눈을 반짝반짝 빛내며 카예나를 바라보고 있었다. 레제프의 표정은 뚱했다.

사건의 경위는 이러했다.

"올리비아의 과제물에 차를 쏟았다고?"

그 때문에 올리비아는 과제를 제출하지 못해 성적이 떨어졌다. 참고로 올리비아는 지금껏 한 번도 수석을 놓쳐 본 적 없는 학생이었다.

카예나는 잠시 미간을 꾹꾹 누르다가 몹시 면목 없다는 표정으로 올리비아에게 사과했다.

"미안해, 올리비아. 내 동생 때문에……. 일단 이 부분은 어떻게든 만회할 방법을 찾아볼게."

"괜찮아요, 전하. 고작 성적이 조금 떨어진 정도인걸요."

올리비아는 되레 자신이 미안하다는 듯 손사래 쳤다. 레제프는 기가 막혔다.

"그것 때문에 날 잡아먹을 듯이 굴어 놓고 인제 와서 '고작'?"

올리비아는 웃음기 하나 없는 표정으로 그를 놀아보았다.

"하지만 황자 전하께서 잘못하신 거니까요. 이 일로 카예나 전하께서 동생을 이용해 파벌 싸움을 일으키려 했다는 오해라도 사시면 어쩌시려고 그러셨습니까?"

"아아, 정말 대단한 충신이시군. 피도 안 섞인 그쪽이 왜 내 누이를 그렇게 신경 쓰는 건지 모르겠는데?"

레제프의 비아냥에도 올리비아는 안색 하나 흐트러지지 않은 채로 차분히 맞받아쳤다.

"저는 카예나 전하의 친우니까요. 그저 동생이신 황자 전하께서는 조금, 이해하기 어려운 관계성일 수도 있어요."

세상에, 올리비아……?

카예나는 제 앞에서는 마냥 순둥이던 올리비아가 신랄하게 비꼬자 깜짝 놀라고 말았다.

레제프는 제대로 열 받은 표정으로 위협적으로 올리비아에게 다가갔다.

"너 지금 뭐라고 지껄였어?"

"레제프."

카예나는 얼른 레제프를 붙잡아 제게로 끌어당겼다. 그러자 레제프는 어이없을 정도로 순순히 카예나의 곁에 다시금 붙어 섰다. 그는 노기를 가라앉히지 못한 표정으로 씩씩거리다가 카예나가 만류하듯 등을 슥슥 쓸어 주니 곧 얌전해졌다.

카예나는 레제프가 더 큰 사고를 치지 않도록 차분한 목소리로 물었다.

"우리 레제프가 왜 그랬을까?"

레제프는 대답하지 않고 고집스럽게 입을 다물었다.

"대답 안 하니?"

카예나가 짐짓 엄한 표정으로 묻자 레제프는 유순한 표정을 더욱 불쌍하게 만들어 냈다.

['시청자'는 레제프의 특기가 카예나에게 동정심 사기라고 설명합니다.]

'그게 어떻게 특기야? 그리고 레제프가 그런 짓을 한다고?'

레제프는 축 처진 눈으로 카예나의 옷자락을 살며시 잡았다.

"누님……. 집에 가고 싶어요."

열여섯 살의 레제프는 이미 170㎝ 후반에 다다른 훤칠한 키에 체격도 좋았다. 다만 얼굴은 확실히 어린 티가 역력했다. 레제프가 앳된 얼굴로 기가 확 죽은 표정을 지으니 카예나는 저도 모르게 동생의 머리를 쓰다듬어 주고 있었다.

'아차.'

카예나는 얼른 정신 차렸다.

"그럼 왜 그랬는지 말해."

"저는 쟤가 싫어요."

"올리비아 양은 네 선배 아니니?"

"……저는 저 선배가 싫어요."

카예나는 머리가 지끈거렸다.

"올리비아 양이 싫어서 일부러 과제를 망쳤다는 거야?"

그때 올리비아가 공손한 말투로 끼어들었다.

"실은 정치적인 견해 차이가 있었습니다. 제가 섣부르게 키드레이 공작가와 황태녀 전하의 농맹을 이야기했던 것을 황자 전하께서 들으셨어요."

카예나는 잠시 눈을 깜빡였다.

"……그게 왜?"

그런 소문이라면 제게 유리한 이야기가 아닌가? 무려 키드레이 공작가인데?

"누님!"

레제프는 불쌍한 척도 집어치우고 성질머리를 드러냈다.

"요즘 사교계의 쓰레기 같은 작자들 사이에서 누님과 키드레이 공작 간에 결혼 이야기가 오가고 있다고 소문이 났단 말입니다!"

'……키드레이 공작?'

그때였다.

"헛소문입니다."

피로감이 느껴지는 목소리가 나직하게, 그러나 선명히 울려 퍼졌다. 이어 다가오는 구둣발 소리가 귓가로 스며들었다.

두근. 두근.

카예나는 너무나 오랜만에 듣는 남편의 목소리에 저절로 심장이 반응하는 것을 느꼈다. 그녀가 뒤를 돌아보았다.

"말 그대로 가십일 뿐입니다."

위압적인 장신, 까마귀처럼 검은 머리카락, 그 아래로 서늘하게 빛나는 붉은 눈동자. 목을 감싸는 붉은 셔츠와 은은하게 푸른 기가 감도는 검은 슈트, 어깨에 걸친 화려한 자수가 돋보이는 코트 차림이 예사롭지 않은 분위기를 풍겼다.

그야말로 머리부터 발끝까지 '공작'다운 모습이었다.

띠링!

['시청자'가 라파엘로는 키드레이 가문을 승계해 공작이 되었으며 키드

레이 공작가는 여전히 정치적 중립이라고 설명합니다.]

스물한 살의 나이로 벌써 공작이 되어 있는 라파엘로는, 그녀가 알던 그 시기의 라파엘로보다 훨씬 차갑고 냉혹한 인상이었다.

대체 저 남자에게 무슨 일이 있었기에……?

라파엘로는 고개를 비스듬히 기울이며 레제프를 깔아 보았다.

"그딴 가십 때문에 키드레이에서 후원하는 유망한 학생의 성적을 망치다니. 이건 키드레이를 핍박하는 것으로 간주할 수도 있는 일입니다."

무미건조하게 쏟아지는 냉랭한 목소리가 하나같이 차갑고 싸늘했다. 시선이 마치 잔뜩 벼려 놓은 칼날처럼 날카로웠다. 그 시선이 이내 카예나에게 닿았다.

"아니 그렇습니까?"

카예나는 얼결에 입을 열었다.

"그게, 여보……."

미친.

"……?"

"……."

"누님?"

카예나는 눈동자를 이리저리 굴리다가 어색하게 덧붙였다.

"……게."

누가 들어도 급조한 티가 역력한 말이었다. 카예나는 침착하게 사대를 평가하고 냉성한 결론을 내렸다. 망했네.

카예나의 뽀얀 얼굴은 점점 잘 익은 복숭아색으로 물들었다.

그녀가 곤란하게 시선을 방황하고 있을 때, 라파엘로가 앞까지 다가와 손을 내밀었다. 카예나는 망설이다가 그의 커다란 손에 제 손을 살며시 얹었다. 라파엘로가 느릿한 동작으로 그녀의 손등에 키스하더니 입술을 떨어트리며 말했다.

"황태녀 전하를 뵙습니다."

순간 그의 붉은 눈동자 위로 묘한 기색이 스친 것 같았으나 워낙 순식간이라 무엇인지 미처 파악하지 못했다.

"지금 내 누이에게 무슨 짓입니까, 공작?"

레제프가 사납게 으르렁거리며 라파엘로에게서 카예나를 떨어트렸다.

카예나는 자신의 말실수가 어영부영 없던 일이 되었음에 다행이라고 생각했다. 근데, 라파엘로가 일부러 도와준 것 같은 건 기분 탓인가? 어쨌든 그녀는 레제프의 손을 토닥이며 진정시키고는 라파엘로에게 마주 인사했다.

"반가워요, 키드레이 공작."

라파엘로는 다시 반듯한 자세를 취하며 무심하게 인사할 뿐이었다. 카예나는 지금의 라파엘로가 자신과 연인도 부부도 아님은 알았지만 조금 서운해졌다.

라파엘로는 억지 부리는 어린애를 내려다보듯 레제프를 내려다보며 차갑게 일갈했다.

"황자 전하께서는 말씀을 고르실 필요가 있겠습니다."

"당신이 후원하는 학생 입단속이나 하시죠? 저는 올리비아 그레이스가 감히 헛소리를 입에 담은 대가를 치르게 했을 뿐입니다."

"그걸 왜 같은 학생인 레제프 황자 전하께서 하셨습니까? 엄연히 교칙이 있을 텐데요."

"……."

레제프는 라파엘로의 서늘한 질책에 대답하지 못했다.

스물한 살의 라파엘로는 확실히 성격이 더 날카로웠다. 게다가 이미 공작위도 계승한 상태라 그런지 위압적인 분위기가 몸에 짙게 배어 있었다.

카예나는 짤막하게 한숨 쉬었다. 그래서 그 찰나의 순간에 라파엘로의 시선이 제게 닿았다가 떨어진 것을 미처 알지 못했다.

"레제프는 교칙대로 처벌해 주게, 총장."

"누님!"

카예나가 레제프를 돌아보았다.

"너는 이따가 집에서 혼날 줄 알아."

"하지만……."

"하지만은 없어."

마틴 총장은 제멋대로 망나니처럼 날뛰고 다니던 레제프가 혼내는 것 같지도 않은 누이의 한마디에 풀이 확 죽는 것을 보며 속으로 경악했다.

레제프 황자가 카예나의 말이라면 껌뻑 죽는다는 사실은 모르는 이가 없을 정도로 유명했으나 목격할 기회가 없었다. 밖에서 보기에 두 사람은 서로 죽고 못 사는 남매로만 보였다. 그렇게 사이좋은 남매가 싸울 수도 있는지 궁금했는데 지금 보니…….

'황자 전하가 아주 꽉 잡혀 사시는구나.'

카예나는 다시 시선을 돌려 라파엘로를 바라보았다.

"잠깐 이야기 좀 할까요?"

'그래두 내가 황녀인데 거질하시는 않겠지?'

라파엘로는 그녀의 제안에 순순히 손을 내밀었다. 카예나는 의아하게 그 손을 내려다보았다. 그녀의 얼굴 위로 온통 '왜?'라는 물음이 떠오르자 라파엘로는 하마터면 뺨을 쓸어 만질 뻔하다가 간신히 참아 냈다.

"……손을 잡으십시오."

에스코트할 테니까.

카예나는 더 의아했다.

'이곳의 라파엘로는 다른 사람과 접촉해도 괜찮은 건가?'

일단 보는 눈들이 있으니 어쩔 수 없이 그의 손을 깃털처럼 가볍게 쥐었다. 그러자 라파엘로가 되레 손가락을 깊숙이 엮어 들었다.

흠칫!

깜짝 놀란 카예나가 저도 모르게 손을 빼려고 했으나 이미 라파엘로의 손이 단단히 엮힌 뒤였다.

"가시죠."

그 야릇한 접촉과 달리 목소리는 건조하기 짝이 없었다. 카예나는 혼란을 느끼며 그와 면담실을 나갔다.

두 사람은 교정을 거닐었다. 카예나는 햇살 조각이라도 품은 듯 화사한 금발을 곱게 땋고, 진줏빛 셔츠에 베이지색 바지를 입고, 금사로 자수를 놓은 코트를 어깨에 걸친 차림이었다.

황태녀가 된 이후로 카예나는 드레스와 바지를 번갈아 입었다. 그게 제국에서 유행처럼 번져 최근 아가씨들 사이에서는 카예나와 비슷한 복식을 즐겨 입는 모습을 볼 수 있었다.

전신이 검고 붉은 라파엘로와 온통 희고 옅은 카예나가 나란히 교정을 거니는 모습은 상당히 인상적이었다.

띠링!

[‘시청자’가 이대로 라파엘로를 담벼락에 밀어붙이고 키스하기를 종용합니다.]

‘무슨 말도 안 되는 소리를 하는 거야?’

[‘시청자’는 전체 연령가를 거부합니다.]

“하······.”

카예나는 어이가 없어서 한숨을 내쉬고 말았다.

멈칫.

그러자 라파엘로가 발걸음을 멈추고 카예나를 빤히 바라보았다.

“아, 미안해요. 그게······.”

카예나는 차마 시스템 창이 당신한테 벽 치기를 한 후, 강제로 키스하라고 하는 바람에 한숨을 내쉬게 되었다고 설명하지 못했다.

한데 라파엘로는 그녀가 왜 한숨을 내쉬었는지 알 만하다는 듯이 입을 열었다.

“됐습니다. 전하께서 그런 실수를 처음 하신 것도 아니니까요.”

“······네?”

이게 무슨 소리지?

“저를 가끔 여보라고 부르시는 것 말입니다.”

카예나는 말문이 턱 막혔다.

“사교계에서 저와 전하에 대한 소문이 도는 이유도 그 여보라는 말 때문이기도 하니까요.”

“······.”

'그게 나 때문이었다고……?'

충격의 연속이었다.

'하지만 이건 그냥 상대의 이름을 부르듯이 입에 붙은 호칭이란 말이야.'

"그게, 그러니까…… 으음……."

그녀가 억울한 표정으로 입술을 달싹이는 모습에 라파엘로의 눈매가 희미하게 풀어졌다.

도톰하게 부풀어 생기로 반짝이는 입술을 손가락으로 톡톡 건드려 보고 싶었다. 여전히 붉은 기가 가시지 않아 싱그러운 향이라도 뿜어내는 듯한 뺨은 이를 세워 깨물고 싶었다. 그러면 입안 가득히 단맛이 퍼질 것만 같았다.

라파엘로는 맞잡고 있던 카예나의 가느다란 손가락을 부드럽게 쓸었다. 카예나는 그 사실도 미처 모르는 듯했다.

……갈증이 깊어졌다.

'정신 차려.'

그는 억지로 마음에 빗장을 걸었다. 키드레이와 힐 황가는 얽힐 수 없는 사이다. 그는 제 아버지와 선황후 사이에 어떤 일이 일어났는지 이미 알고 있었다. 따라서 레제프가 이복동생인 것도 알았다.

그러니 이 마음은 정리해야 했다. 차갑게 얼려야 했다. 절대로 이 여자에게 제 마음을 들켜서는 안 된다.

그건…… 민폐니까.

퍽!

라파엘로는 갑자기 카예나에게 날아든 공을 팔로 막으며 그녀를 품으로 끌어당겼다.

공놀이하던 학생들이 사색이 되어 달려왔다.

"헉, 죄, 죄송합니다!"

"죄송합니다, 황태녀 전하!"

"힉, 키드레이 공작 각하……."

학생들의 반응은 각양각색이었다.

감히 황족을 다치게 할 뻔하여 놀란 반응.

상대가 카예나임을 알아보고 놀람과 기쁨이 공존하는 반응.

서슬 퍼런 눈빛으로 저들을 내려다보는 상대가 키드레이 공작이라는 사실에 기겁하는 반응.

카예나는 어리둥절하게 주변을 훑다가 사태를 파악하고는 라파엘로의 품에서 고개를 빼꼼히 내밀었다.

"괜찮아. 다들 조심히 공놀이하렴. 그러다 다치겠구나."

소년들은 하나같이 얼굴이 빨갛게 물든 채 우물쭈물했다.

"네, 네에……. 아, 보건실로 모시겠습니다!"

"맞습니다! 혹시 다치신 곳이 있을 수도 있잖아요."

카예나는 작게 웃었다.

"키드레이 공작이 공을 막아 주셨는데 어찌 내가 보건실을 가겠니? 정말 괜찮으니 가 보렴."

그러자 소년들이 몹시 아쉬운 기색을 숨기지 못했다. 라파엘로가 눈썹을 휙 들어 올렸다.

'감히 저것들이…….'

라파엘로의 표정은 한층 더 살벌하게 바뀌었다. 온몸에서 흉포한 분위기가 풀풀 날릴 정도였다.

소년들은 마른침을 삼키며 바짝 얼어붙었다. 그 반응을 지켜보던 라파엘로는 침착하려고 애썼다.

'참아야지. 참아야 하는데······.'

자신은 감히 바라지도 못하는 카예나를 탐내는 눈빛들이 끔찍하게 역겨워서 당장에라도 다 찢어발기고 싶었다. 상대가 저보다 몇 살이나 어린 소년들이라는 사실은 조금도 중요치 않았다.

꽈악-

라파엘로는 저도 모르게 카예나를 끌어안은 팔에 힘을 주었다. 두 사람의 몸이 빈틈없이 밀착되자 카예나는 당혹스러웠다. 이 남자가 갑자기 왜 이래?

"라파엘로?"

그때 카예나가 의아하게 그의 이름을 불렀다. 고작 그 한마디에 팽팽하게 당겨져 있던 신경이 탁 풀렸다. 라파엘로는 다시 평온을 되찾은 표정으로 카예나를 내려다보았다. 마치 아무 일도 없었던 사람처럼 무구해 보였다.

"이곳은 위험하군요."

"네?"

그는 자신이 한 말에 스스로 동의했다.

맞아. 여기는 위험해.

아니, 위험한 건 자신이었다.

"실례하겠습니다."

휙!

라파엘로는 카예나를 가뿐히 안아 들더니 발걸음을 성큼성큼 옮기기 시작했다.

카예나는 자연스럽게 그의 목에 팔을 둘렀다. 라파엘로는 나직하게 끓는 신음을 흘렸다가 간신히 평정심을 되찾았다.

'매번 이런 식이지.'

카예나는 분명 그를 피했다. 접촉이든 만남이든 라파엘로와 단둘이 있는 상황을 꺼리는 게 여실히 느껴졌다. 그러면서도 한 번씩 여보라고 부르거나 은근슬쩍 짙어진 스킨십을 의식하지 못하고 자연스럽게 받아들였다.

늘 그랬던 사이처럼.

그게 라파엘로를 미치게 했다. 카예나가 일부러 저를 시험하나 의심이 들 정도였다.

라파엘로가 도착한 곳은 제 가문의 마차 앞이었다. 그는 마부에게 명령했다.

"내가 부르기 전까지 물러나 있어라."

"……예에."

카예나는 라파엘로가 마차 안에 그녀를 안전히 앉혀 주는 것을 가만히 보다가 입을 열었다.

"그런데…… 공작, 이곳에 둘이 있으면 의심받지 않을까요?"

라파엘로가 무표정하게 물었다.

"무슨 의심을 받습니까?"

"그야……."

뭐, 좀 불건전한 일을 벌이려나, 그런 의심?

카예나는 어물쩍 대답하지 않고 말을 흐렸다. 라파엘로는 마차 문을 꽉 닫아걸었다.

'문은 왜 잠그지?'

그녀가 의아한 표정을 짓자 라파엘로가 설명했다.

"위험해서요."

대체 뭐가 위험하다는 건지 모르겠지만 카예나는 그가 어련히 알아서 잘 처신하리라고 생각하고 고개를 끄덕였다.

그때 기다렸다는 듯이 시스템 창이 떴다.

띠링!

[메인 퀘스트(2) – 이성으로 똘똘 뭉친 철벽남 라파엘로를 함락해라!]

부모 세대의 깊은 감정의 골 때문에 카예나와 얽히지 않으려 마음을 닫아 버린 라파엘로.

그로 인해 라파엘로는 점차 차갑고 냉정해져만 가 현재에 이르러서는 전장귀라는 악명에 가까운 위명을 떨치고 있습니다.

그가 더는 이성적으로 행동할 수 없도록 철벽을 부수고 복종을 받아 내세요!

보상 – [블라인드] 1회 사용권

카예나는 침착하게 퀘스트 내용을 되짚어 보았다.

'그러니까 라파엘로가 지금 집안 사이의 비화를 이미 알고 있다는 뜻인 거지?'

그래서 자신을 거부하고 있는 거고?

'이게 무슨 로미오와 줄리엣도 아니고……'

카예나는 상황이 꽤 어렵게 되었다는 사실을 깨달았다.

'근데 블라인드는 뭐지?'

[블라인드]

'시청자'의 관람을 하루 막을 수 있는 능력.

스킨십은 후진이 없는 법.

한바탕 진하게 논 다음이라면 이 이야기가 자연스럽게 19세 미만 금지가 될 것을 노린, 이 보 전진을 위한 일보 후퇴다.

'……기가 막혀서.'

카예나가 한창 어이없는 표정으로 시스템 창을 확인하고 있을 때, 라파엘로가 낮게 깔린 목소리로 말했다.

"전하를 곤란하게 하려고 한 일은 아닙니다……."

갑자기 이건 무슨 반응이지?

카예나는 잠깐 방금의 상황을 되짚어 보았다.

자신이 왜 마차에 왔냐, 문은 왜 잠그냐 의아해했고, 라파엘로는 위험하다고 대답했고, 그때 하필 시스템 창이 떠서 어이없는 표정을 지었다.

충분히 그를 의심하는 것처럼 보일 상황이었다.

실제로 라파엘로는 시선을 툭 떨어뜨리고 주먹을 꽉 틀어쥐고 있었다.

이상하게 그 행동에서 스스로를 향한 혐오감이 느껴졌다.

카예나는 당황스러워져 얼른 그의 손을 붙잡았다. 라파엘로의 어깨가 살짝 떨렸다.

"잠깐 다른 생각을 했어요. 당신 때문이 아니라 내가 실수한 게 있어서 그랬어요. 그러니까 나 좀 볼래요?"

"……."

라파엘로의 눈동자는 검붉어 보일 정도로 어둡게 가라앉아 있었다.

"오해한 것 없으십니다."

흘러나오는 목소리는 탁했다.

"제가 다른 이들을 어떻게 할까 봐 위험해서 마차로 온 겁니다."

전하가 위험한 게 아니라, 제가 다른 이들을 위험하게 할까 봐 마차로 온 겁니다.

"이런 제가 역겨우시다면, 버리고 나가셔도 됩니다."

카예나가 의아하게 물었다.

"잠깐만요, 공작. 저한테 관심 없는 거 아녔어요? 지금 공작의 말은 꼭 나한테 관심 있는 걸로 들리는데."

그러자 라파엘로가 눈을 동그랗게 떴다. 그 모습이 상황에 어울리지 않게 갑자기 귀여워 보여서 카예나는 저도 모르게 그의 뺨을 쥐었다.

"아……."

라파엘로는 자신이 감정에 취해 헛소리를 줄줄이 내뱉었다는 사실을 그제야 자각했다. 이어 깊은 탄식이 흘러나왔으나 한편으로는 카예나의 접촉에 기뻐하고 있었다. 날이 갈수록 제 마음을 부정하는 게 어려워져만 갔다. 차라리 카예나가 저를 매정하게 내치기를 원했다.

라파엘로는 어쩔 줄 모르면서도 카예나의 손바닥에 뺨을 비볐다. 이 단순한 접촉에도 경계심이 부질없이 녹아내렸다.

"모르겠습니다."

그는 혼란스럽게 중얼거렸다. 대체 어떻게 해야 좋을지 알 수 없었다. 머릿속이 엉망진창이었다.

"라파엘로."

그가 얌전히 시선을 들어 올려 눈을 마주쳐 왔다.

"……라고 불러도 괜찮아요? 우리 둘이 있을 때만."

카예나의 말에 라파엘로는 두 손으로 얼굴을 쓸어 올리며 표정을 감췄다. 그러나 드러난 귓바퀴는 온통 붉어서, 그 적나라한 반응을 모를 수가 없었다.

이내 낮은 목소리가 들렸다.

"……네."

어지러운 기쁨으로 푹 젖은 목소리에 카예나는 되레 제 심장이 쿵쿵 날뛰는 걸 느꼈다.

이 순진해 빠진 반응은 뭐야……?

사람 하나 그냥 찢어 버릴 듯했던 압박감은 대체 어디로 사라졌는지 라파엘로는 딱 그 나이대처럼 보였다. 서툴고, 솔직한. 그래서 당황스러운 진심이 밀려들었다.

카예나는 난감했다. 이거, 약간 바람피우는 기분인데.

'어떡하지……? 집에서 남편이 기다리고 있는데.'

하지만 평행 세계라고는 해도 이 남자도 내 남편 아닌가?

……아닌가?

그렇다고 평행 세계라 하여 이 남자가 다른 여자와 사랑에 빠지고 결혼까지 한다면 그건 도저히 참을 수 없을 것 같았다. 카예나는 이 율배반적인 마음에 고민스러워졌다.

'어쨌든, 라파엘로는 라파엘로잖아.'

자신은 이제 이 남자가 평행 세계에 있든, 기억을 잃어 스무 살 때의 라파엘로가 되었든, 〈검은 장미 레이디〉 속의 남자 주인공이든 상관없었다.

자신은 이 남자를 사랑하고 간절히 원했다. 자신의 구원이고 평생 함께할 동반자였다. 그 끔찍한 시간을 같이 견딘 사람이었다.

카예나는 라파엘로의 손을 아래로 내려 시선을 마주했다.

"나 당신 좋아해요."

그래서 솔직하게 고백했다. 라파엘로의 시선이 흔들렸다.

"당신이 날 카예나라고 불러 줬으면 좋겠어요."

자, 어서 불러 봐요.

라파엘로는 카예나의 유혹에 어쩔 줄 몰라 하며 천천히 입술을 떨어트렸다.

"카예나."

그 한마디에 심장이 꽉 조여들었다. 감히 입에 담아서는 안 될 금언을 말해 버린 사람처럼 라파엘로는 불안한 표정을 지었다.

그는 머릿속이 새까맣게 헝클어지는 것을 느꼈다. 집안의 불화. 모친의 완고한 태도. 어린 제게 쏟아지던 끔찍한 진실들. 저를 비난하고 조롱하던 아버지의 추악한 태도.

라파엘로는 그 상황에서 도망치듯 전장을 떠돌았다. 그는 원래 열네 살에 아카데미를 졸업할 수 있었으나 잦은 출정으로 인해 열여덟 살이나 되어서야 졸업했다.

어느 날 모친이 말했다.

"레오와 곧 이혼하기로 했으니 네가 가문을 이어받고 공작이 되어라."

갑작스러운 말이었다. 체면 때문에 죽어도 아버지와 헤어지지 않겠다던 어머니가 갑자기 이혼을 선언하다니?

"황제가 레오를 직접 처단하고 싶어 하더구나. 우리가 엮여 있으면 같이 좋

지 않은 꼴을 볼 테니 빨리 갈라서라고 전갈이 왔단다."

아무리 황실이라도 키드레이 공작가를 상대하는 건 버거운 일이었다.

"이로써 우리는 오랜 은원을 청산하기로 했다. 여기서 더 얽히지만 않으면 돼. 라파엘로 네게 아무 잘못은 없지만, 레오의 피가 흐르는 이상 황제는 널 탐탁지 않게 여길 거란다."

어머니의 복잡 미묘한 시선이 제게 닿았다.

"카예나 전하께 마음이 있니?"
"아뇨."
"……그렇다면 다행이구나."

참아야 한다. 감춰야 한다. 들키면 안 된다. 그래야만 했다.

라파엘로는 마차의 창을 타고 들어오는 햇살에 환하게 비치는 하늘빛 눈동자가 전신을 옭아매는 것을 느꼈다. 욕심이 끓어올라 견딜 수 없었다.

"카예나……."

이 이름을 부르기까지 얼마나 많은 인내를 해야 했던가?

감히 자신이, 감히…….

그가 고통스럽게 표정을 일그러뜨렸다. 카예나는 담담한 낯빛으로 그의 뺨을 부드럽게 쓰다듬으며 속삭였다.

"미안하지만 난 내가 원하는 건 가져야 해요."

빼앗기고 이용당하는 삶은 예전에 다 끊어 버렸다. 이제 참고 견디는 건 할 필요가 없다. 자신이 쥔 권력은 진짜였으므로.

"그러니 난 당신을 가져야겠어요, 라파엘로 키드레이."

오싹하리만큼 오만한 지배자의 표정이었다.

그의 뺨을 쓸어 만지던 손길이 이내 그의 턱을 쥐었다. 단단한 턱선이 버겁게 쥐어졌다. 순식간에 그들을 감싼 공기가 혼탁하게 젖어 들었다.

라파엘로가 어금니를 꽉 닫아 물었다.

참아야 하는데. 감춰야 하는데.

카예나가 그에게 몸을 확 가까이 붙였다. 그녀의 체향이 짙게 풍겨 오자 라파엘로는 저도 모르게 몸을 뒤로 젖혔다. 심장은 이미 아까부터 터질 것처럼 미친 듯이 뛰고 있었다. 정신 차리기가 너무 어려웠다. 그는 고통스러운 표정으로 애달프게 빌었다.

"……전하, 제발."

이대로 이성이라도 잃을 것 같았다. 그건 말도 안 되는 일이었다.

두 입술 사이의 거리는 불과 손가락 한 마디도 되지 않았다.

카예나는 고개를 비스듬하게 기울였다.

"날 원하는지 아닌지 말해요. 그 뒤는 내가 알아서 할 테니까."

대체 뭘 알아서 한다는 말일까? 라파엘로는 눈을 질끈 감고 싶었다. 얼굴에 열이 몰려 뜨거웠고 간신히 카예나를 막아선 두 손에 땀이 배어나는 듯했다.

"대답하세요."

라파엘로는 부드러운 강요를 이기지 못하고 입을 열었다.

"……네. 당신을 원하……"

말은 다 이어지지 못했다. 카예나가 기다렸다는 듯이 그의 말소리를 다 삼킨 탓이었다.

라파엘로는 비참한 쾌락에 빠져들었다. 이래서는 안 된다는 생각이 날카롭게 뇌리를 파고듦과 동시에 이성이 민들레 홀씨처럼 훅 날아가 버렸다.

그러나 죄악감은 그를 여전히 사로잡고 있었다.

"……전하."

"쉿."

잠깐 고개를 트는 사이 그가 다급히 만류하듯 부르는 것을 카예나가 입술로 막았다. 그의 부드러운 입술을 잘근잘근 씹으며 양손으로 머리를 끌어당겼다. 서로의 숨이 더 적나라하게 달아올랐다.

라파엘로는 결국 욕구를 이겨 내지 못하고 카예나의 등허리를 감싸 쥐고 바짝 끌어당겼다. 카예나가 냉큼 허벅지 위로 올라타는 게 느껴졌다.

젠장.

그는 욕설을 삼키며 그녀를 꽉 끌어안았다. 부풀어 오른 입술을 핥고 빨아 당겨 갈급하게 욕망을 채워 댔다. 부드럽게 넣은 혀가 난잡하게 얽혀 들었다. 라파엘로는 정신을 차릴 수가 없었다.

흐트러진 숨이 마차 안을 가득 채웠다. 음탕한 소리가 입술 사이로 넘나들고 손이 저절로 다음을 진행하려 했다.

그러나 환한 대낮에 유리창이 크게 난 마차 안이었다. 유리창에 뿌옇게 김이 서린 게 이미 충분히 건전하지 못해 보이기는 했지만…….

그래도 라파엘로는 간신히 이 이상을 진행하지 않을 수 있었다.

"하아…… 전하……."

카예나도 달아오른 숨을 기쁘게 내쉬다가 참지 못하고 그의 뺨과 턱, 그리고 목까지 쪽쪽 입을 맞췄다.

"그만…… 제발, 그만하십시오."

그는 차마 카예나를 떨어뜨리지 못한 채 빌었다. 그게 카예나를 더 자극하고 있다는 사실을 그는 몰랐다.

카예나가 평행 세계로 떨어지기 직전까지 그들은 이렇게 몇 번이고 진하게 뒹굴었었다. 라파엘로는 조금도 지치는 법이 없었고, 늘 충만한 시간을 보냈다. 그렇게 야릇한 부부 생활을 넘치게 보내 왔던 카예나가 뜻하지 않게 강제로 수절하고 있었다. 그러다 오랜만에 남편과 접촉하자 애가 달았다.

카예나는 답답해졌다. 이곳에서는 마법을 사용할 수 없었기에 이대로 자리를 옮겨 마저 일을 치르지도 못했다.

"……알았어요."

그녀는 울적한 표정으로 그를 지분거리던 행동을 멈췄다. 그래도 꼭 붙여 안은 몸은 떨어뜨리지 않았다. 코트는 이미 어깨에서 흘러내려 발에 밟히는 꼴만 간신히 면한 상태였다. 카예나는 그의 이마에 키스하며 웅얼거렸다.

"당신이 보고 싶었어요."

"……저도, 당신이 줄곧 보고 싶었습니다."

라파엘로가 카예나의 뺨을 커다란 손으로 감싸 조심스레 매만졌다.

"믿기지 않는군요……."

카예나가 그에게 종종 호감을 느끼는 듯한 행동을 보일 때가 있었지만, 그렇지 않을 때는 너무 담백했다. 그래서 헷갈렸다.

"전하께서 저를 원한다는 게 꿈인 것 같아서…… 두렵습니다."

그래서 이 꿈에서 깨어났을 때 느낄 지독한 상실감이 벌써 사무치도록 두려웠다. 차라리 이 사람이 저를 원한다는 게 이렇게 미칠 듯이 달콤하다는 사실을 몰랐던 때로 돌아가고 싶을 만큼.

"그러면 확인해 봐요."

라파엘로는 순진하게 눈을 깜빡거렸다.

뭘 확인하라는 말씀이시지?

카예나는 산뜻하게 웃었다.

"이게 꿈같으면 현실인지 확인해 보면 되잖아요."

그러면서 라파엘로가 완벽히 갖춰 입은 슈트 재킷 안으로 손을 쑥 집어넣었다.

"전하!"

라파엘로가 소스라치게 놀랐음은 말할 것도 없었다.

카예나는 고개를 갸웃했다.

"이게 제일 빠른데."

"대체……."

그는 아연실색하며 되레 침착함을 되찾아 그녀의 손을 제게서 떨어트렸다. 카예나는 불만스럽게 토로했다.

"난 참기 힘들어요."

"……."

라파엘로의 얼굴은 곧 터질 것처럼 새빨갛게 달아올랐다. 그는 지나치게 자극적인 상황에 갑자기 노출되자 정신이 혼미해졌다. 이대로는 카예나에게 휘말려 무슨 짓이라도 저지를 것만 같았다.

"……사람들의 오해를 살 것 같습니다. 이만 전하의 마차로 배웅해 드리겠습니다."

달칵.

그는 카예나가 악마처럼 달콤하게 속삭여 저를 유혹할지도 모른다는 위기감에 얼른 문부터 열어 버렸다. 카예나가 속살거리면 자신은 틀림없이 그대로 따르게 되리라. 지금은 카예나에게 추문이 붙기를 원하지 않는다는 마지막 이성으로 간신히 버티고 있었다.

카예나는 어쩔 수 없이 다음을 기약했다.

그렇게 아쉬운 이별 후.

"전하, 키드레이 공작이 출정했다고 합니다."

"뭐? 갑자기 출정이라니?"

"꽤 큰 전쟁이라더군요. 이번 전쟁에서 승리하면 키드레이 공작가의 위상이 단번에 달라질 거라고 예측하고 있습니다."

"언제, 그럼 언제 돌아온대?"

"글쎄요……. 3년쯤 걸릴 거라고 듣기는 했습니다."

"이 남자가……."

나랑 해보자 이거지? 함락된 척해 놓고 이렇게 도망치시겠다?

그녀는 침실에서 사용인을 모두 내보낸 후 허공에 대고 날카롭게 말을 걸었다.

"이봐, 시청자."

['시청자'가 당신의 부름에 응답합니다.]

"너도 보고 싶은 게 있겠지?"

['시청자'가 미친 듯이 고개를 끄덕입니다.]

"그럼 건너뛰기, 이거 무작위로 떨어뜨리지 말고 3년 뒤로 해. 내가 스무 살일 때로."

띠링!

[건너뛰기]

사용 시 등장인물 '카예나'가 원하는 때에 특정 구간을 건너뛰어 미래로 갈 수 있는 능력.

생략된 시간은 등장인물 '카예나'의 캐릭터 베이스대로 활약한 것으로 자동 처리된다.

*3년 뒤로 구간이 넘어간다.

카예나는 내용이 바뀐 것을 확인하고는 이를 갈며 외쳤다.

"[건너뛰기] 사용!"

─❊◦❈─

['시청자'가 당신은 지금 스무 살이라고 말합니다.]

카예나가 있는 곳은 황궁의 그랜드 홀로 연회가 벌어지고 있었다.

"이제 키드레이 공작가가 아니라 대공가로군요!"

라파엘로는 전쟁에서 화려하게 승리하고 귀환했다. 그의 전공을 높이 산 부왕은 키드레이 공작가를 대공가로 격상했다.

카예나는 앉은 자리에서 그 모든 정보를 낱낱이 듣고 있었다.

"누님."

어느덧 열아홉 살이 된 레제프가 예복을 차려입은 모습으로 다가왔다. 그가 귓속말로 속삭였다.

"표정 관리하셔야겠습니다."

"……고마워."

카예나는 애써 표정을 부드럽게 풀어냈다.

"대공가로 혼담이 다섯 가문이나 들어갔다죠?"

그러나 노력이 무색하게도 근처에서 들리는 말에 미소가 깨졌다.

"이제 대공의 혼기도 꽉 찼고 가문의 안주인 자리를 언제까지고 비워 둘 수도 없는 노릇일 테니 슬슬 혼처를 정하겠네요."

"어떤 아가씨가 그 영광을 누릴까요?"

"그렇게 그림 같은 사내를 평생 곁에 둘 수 있다니. 누가 될지는 모르겠지만 부럽네요."

"게다가…… 타고난 체격을 보세요. 틀림없이 다른 쪽으로도 기대할 만할 거예요."

"어머! 까르르!"

카예나는 더 참지 못하고 벌떡 일어났다.

"누님?"

레제프가 의아하게 미간을 구겼다.

"나 어디 좀 다녀올게."

그녀는 드레스 자락을 하늘하늘 휘날리며 인파를 파고들었다. 키드레이 대공의 승리를 축하하는 승전 연회에 벌 떼처럼 사람들이 참석해 있었다.

물론 그들의 목적은 단지 라파엘로만이 아니었다. 그 훌륭한 남자만큼, 아니, 더 군침이 도는 먹잇감이 있었던 탓이다. 바로 미혼의 황태녀인 카예나였다.

"전하."

카예나는 갑자기 제 앞을 막아서는 거구의 남자를 올려다보았다.

"하인리히 경."

은빛 머리칼과 금안의 미남, 예이스터 하인리히였다.

평행 세계의 그는 원래의 세상과는 조금 다른 행보를 보였다. 아무래도 카예나가 워낙 압도적이라 감히 황위는 탐내지 못한 탓으로 보였다. 다만, 탐낼 만한 다른 자리가 있었다.

"오늘도 숨이 막히도록 아름다우시군요."

바로 카예나의 남편 자리였다.

카예나는 빙긋 웃었다.

"자네도 근사하군. 그럼 이만."

그녀는 가차 없이 예이스터를 지나치려 했다. 그러나 예이스터는 끈질겼다.

"어디를 그리 급하게 가시는지요? 제가 에스코트해 드리죠."

"괜찮네."

"제가 괜찮지 않아서 그렇습니다."

카예나의 냉기 뚝뚝 떨어지는 태도에도 예이스터는 전혀 아랑곳하지 않았다. 태생이 능구렁이 같은 인간인지라 이 정도로는 전혀 자존심 상하지도 않는 모양이었다.

"난 바빠."

"뭐, 그럼 저도 용건만 간단히 하겠습니다."

예이스터는 어깨를 으쓱하더니 품에서 반지 케이스를 꺼냈다.

"저와 결혼하시죠. 이제 성년도 되셨으니 약혼을 미루는 것도 그만

하실 때가 되지 않으셨습니까?"

"하⋯⋯."

그때였다.

"오랜만에 인사드립니다, 황태녀 전하."

카예나가 그토록 찾아 헤매던 라파엘로가 그들 사이로 불쑥 끼어들었다.

"⋯⋯키드레이 대공."

그는 몇 년 사이에 훨씬 성숙한 분위기를 풍겼다. 단단하게 단련한 몸매나 마른 뺨, 도드라진 턱선 등이 그의 남성적인 매력을 더욱 배가했다. 심지어 어딘가 여유까지 느껴지는 분위기라니.

카예나가 원망스러운 눈으로 그를 노려보고 있을 때, 예이스터가 썩 달갑지 않은 표정으로 인사했다.

"승전을 축하드립니다, 키드레이 대공 전하."

라파엘로는 특유의 무심한 눈길로 예이스터를 힐끗 보았다.

"고맙네."

그러더니 무례하기 짝이 없게도 예이스터를 획 밀치더니 카예나의 앞에 바짝 다가섰다.

"⋯⋯대공?"

"보고 싶었습니다."

카예나는 당황스러웠다. 지금 이 사람 많은 곳에서⋯⋯ 뭐?

"전하께 걸맞은 사람이 되기 위해 너무 긴 시간이 필요했습니다."

"잠깐. 무슨 소리예요?"

"전쟁에서 승리하면 전하와의 결혼을 허락해 주신다고 하셔서⋯⋯."

"누가요? 설마 부왕께서?"

라파엘로가 고개를 끄덕였다.

카예나는 골치 아파져 이마를 짚었다.

"그래서 내게 말도 없이 전쟁에 나갔다 온 거라고요?"

"혹시 제가 돌아왔을 때 저를 원하지 않으시는데 책임감에 결혼하실 수도 있잖습니까? 그리고 만약 제가 전사하게 되면……"

카예나는 그의 정강이를 발로 차 버렸다.

"저, 전하……?"

라파엘로는 아픔보다도 당혹스러워하는 소리를 냈다. 카예나는 이것으로 분이 풀리지 않았다. 물론 건너뛰기로 3년을 기다린 건 아니지만, 그냥 다 괘씸했다. 감히 자신의 마음을 가볍게 여긴 것부터 전사라는 끔찍한 말을 입에 담은 것까지 모두!

라파엘로는 카예나가 몹시 화가 났음을 알아차리고 어쩔 줄 몰랐다.

"죄송합니다. 화가 풀리실 때까지 저를 때리십시오."

카예나는 이번엔 그의 멱살을 움켜쥐었다. 라파엘로는 얼마든지 맞겠다는 표정으로 시선을 내리깔았다.

"……!"

그러나 카예나는 그를 때리는 대신 키스했다. 흥미진진한 눈으로 이곳을 지켜보던 이들은 그 순간 환호성을 내질렀다.

"누님!"

레제프만이 잔뜩 화가 나 펄펄 뛸 뿐이었다.

다른 의미로 날뛰는 사람이 또 있었다.

['시청자'가 미쳐 날뛰고 있습니다.]

그들의 입술이 떨어졌을 때, 라파엘로는 그대로 바닥에 한쪽 무릎을 꿇었다. 그는 카예나의 드레스 자락을 쥐고 입을 맞췄다.

"부디 영원히 당신의 소유물이 되는 것을 허락해 주십시오."

카예나는 턱을 들어 올리며 그를 아래로 내려다보았다. 전율이 흐를 정도로 고압적이면서도 황홀한 시선이었다.

"허락하겠어요."

띠링!

[메인 퀘스트(2) – 이성으로 똘똘 뭉친 철벽남 라파엘로를 함락해라! 완료.]
[보상 – [블라인드] 1회 사용권이 주어집니다.]

"[블라인드] 사용."

[지금부터 '시청자'는 24시간 동안 등장인물 '카예나'를 지켜볼 수 없습니다.]

이제 어른의 놀이를 할 시간이었다.

─◦◦◦─

라파엘로는 그녀가 알던 대로 충실히 발정했다. 집요했고 끝을 몰랐다.

그의 손에 찢긴 드레스, 파손된 콘솔 테이블, 뜯겨 나가 바닥에 요란하게 떨어진 단추들.

그가 3년간 얼마나 지옥 같은 인내를 해 왔는지 온몸으로 느껴야 했다.

"카예나……."

이성이라고는 하나도 없이 욕구에 푹 절어 내뱉는 거친 목소리가 더 없이 야릇했다.

"그만, 여보……."

카예나가 여보라고 실수로 말하면 라파엘로는 더욱 달아올라 날뛰어 댔다.

그들은 키드레이 별저에 온종일 틀어박혀 짐승처럼 서로를 탐하기만 했다. 그것만으로도 시간이 부족하다는 듯이.

"식사를 가져올게요."

라파엘로는 침대 위에서 카예나의 관자놀이에 키스한 후 밖으로 나갔다.

띠링!

[블라인드 사용이 종료됩니다.]

카예나가 진이 다 빠진 눈으로 멍하니 시스템 창을 바라볼 때였다.

[블. 카. 라인드. 예나. 사용이. 돌아. 종. 와. 료됩니다.]

시스템 창에 뜬 글자가 엉망으로 흐트러졌다. 카예나는 놀란 눈으로 벌떡 일어났다.

[카예나. 이제 돌아와.]

파앗!

환한 빛이 카예나를 집어삼켰다.

─❦❀❦─

카예나가 느릿하게 눈꺼풀을 들어 올렸다.

어쩐지 혼몽했다. 잠에 깊게 취해 현실이 잘 구별되지 않는 기분이었다. 방금까지 상당히 긴 꿈을 꾼 것만 같은데…….

"카예나!"

고개를 돌리니 걱정이 가득한 표정의 바엘이 보였다. 그제야 서서히 정신이 맑아졌다.

"돌아온 건가……?"

"괜찮아? 평행 세계 마법을 깨는 게 까다로워서 네가 퀘스트를 깨며 약해지기를 기다려야 했어."

"시간이 얼마나 흘렀는데?"

카예나는 부스스 일어나며 물었다.

"사흘. 그래서 말인데……"

벌컥!

그때 침실 문이 열리며 어쩐지 낯선 모습의 라파엘로가 눈에 들어왔다. 어딘가 더 성숙하고, 더 야릇하게 무르익은…….

"여보!"

아. 원래의 남편이었다.

라파엘로가 한달음에 다가와 카예나를 품에 꽉 안았다.

"괜찮습니까? 다친 데는요?"

"나 괜찮아요."

카예나는 저를 평생 놓아주지 않을 것처럼 끌어안은 채 몸을 덜덜 떠는 라파엘로를 달랬다.

"정말로 괜찮아요, 여보. 당신이 보고 싶었던 것 외에는요."

바옐이 눈꼴 시리다는 표정으로 미간을 찡그렸다.

"그래. 지독하게 염병 떠는 걸 보니 확실히 멀쩡하구나."

그의 표현대로 카예나와 라파엘로는 한참을 더 '염병'을 떨며 서로 무사한 것을 확인하고 또 확인했다.

"근데 평행 세계에서 대체 뭘 한 거야?"

카예나는 뜨끔해졌다.

"그건 왜?"

"그 마법사 녀석, 너한테 너무 열광하던데? 감옥에 간신히 가둬 놨는데 미친 듯이 탈옥하려 들어서 골치 아프던 참이야."

"아하."

"태어나서 이렇게 만족스러운 이야기는 처음 본다던데. 근데 블라인드 때문에 다 망쳤다면서 날뛰어. 블라인드는 또 뭐야?"

카예나는 의뭉스럽게 웃었다.

"나도 몰라."

스무 살의 기억으로 돌아갔을 때 스스로에게 질투했던 라파엘로를 생각한다면…… 그건 평생 비밀에 부쳐야 했다.

특별 외전 2
IF 폭군 라파엘로

대제국 엘다임은 키드레이 황가가 대대로 집권했다.

전쟁으로 후계자들이 모조리 죽고, 노아 키드레이 황녀의 남편이자 먼 황족 방계인 레오 키드레이가 황위에 올랐다.

그것이 불행의 시작이었다.

황제는 무능했다. 아집과 자격지심, 교만, 끝을 모르는 자기 연민 등 온갖 불건강하기 짝이 없는 정신 상태를 가졌다. 그리고 포악했다.

그는 아내에 대한 지나친 열등감을 이겨 내지 못하고 그 분노를 아들, 라파엘로에게 풀어냈다. 더러운 검은 머리, 역겨운 붉은 눈동자…….

폭언은 차라리 점잖은 축이었다. 라파엘로는 유일한 후계자였으나 조금도 존중받지 못하며 자라났다.

노아 황후는 레오 황제의 온갖 폭정과 정치적 이권 다툼에서 세력을 지켜 내느라 눈코 뜰 새 없이 바빴다. 그렇게 삶을 쏟아붓다 못해 병석에 누웠을 때가 되어서야 그녀는 제 아들에게 대단히 큰 문제가 있음을 깨달았다. 아들은 반듯해 보이는 껍데기와 달리 내면이 뒤틀려 있었다. 그녀는 눈을 감기 전에 후회했다.

'그 아이는 한 번도 혼자가 아니었던 적이 없었구나.'

그 아이에게는 비정하고 잔혹한 아비인 레오와 자신이 별다를 것이 없었구나.

"신이 있다면, 그 가엾은 아이를 구원해 주십시오."

그렇게 황후가 세상을 떠났다.

레오 황제는 황후가 죽자마자 대대적으로 사람을 풀어 정부에게서 본 사생아를 찾아다녔다.

"짐의 연인에게서 본 아이가 있다. 그 아이를 분명 어딘가에 버렸다고 했어!"

황제는 그렇게 사생아를 찾으면서도 정부가 누구였는지는 입 밖으로 내지 않았다.

그도 그럴 것이, 제국 유일의 공작가이자 황실에 견줄 수 있을 정도로 강대한 가문인 힐 가문의 선대 공작 부인이 그의 정부였던 탓이다.

이 사실을 대대적으로 드러냈다가는 라파엘로를 후계로 지지하는 귀족 세력의 반발은 물론, 치부를 덮어 두고 있던 힐 공작가에서도 그를 가만두지 않을 터였다.

레오는 그런 것들은 겁내면서도 사생아를 찾아내려 애썼다. 아이를 찾아내기만 하면 황위를 라파엘로가 아닌 그 아이에게 물려줄 수 있으리라는 얄팍한 생각 때문이었다.

그는 나랏일에는 조금도 관심 없었다. 오직 자신의 무너진 자존심을 보상받기를 원했다. 그는 향락에 빠져 매일 사치스러운 연회를 벌였고 자연히 잇속만 챙기는 썩은 귀족이 황성을 수시로 들락거리게 되었다.

황제의 폭정에 제국은 궁곤해져만 갔다. 백성은 모였다 하면 나라에 망조가 들었다는 소리를 입에 달고 살았다. 먹을 것이 없어 굶어 죽는 자나 병들어 죽는 자보다 압노석으로 많았다. 참다못한 백성이 폭동을 일으키면 귀족들이 사병을 보내 모조리 죽였다. 그렇게 생지옥 같은 나날이 이어지던 중이었다.

"황제가 죽었다!"

난데없이 황제가 죽었다.

그것도 제 아들인 황태자, 라파엘로의 손에 의해.

레오 황제의 자식인 라파엘로는 수도에 알려진 바가 거의 없는 묘한 인물이었다. 다만 모두가 볼 수 있도록 그의 초상화를 큼직하게 걸어 놓았기에 사람들은 '황태자는 대단한 미남이구나'라는 사실은 잘 알았다.

그에 대한 정보가 흔치 않은 건 어쩌면 당연했다. 라파엘로가 어린 시절부터 전장을 떠돌았던 탓이었다. 그렇게 여느 때처럼 전쟁을 끝내고 돌아온 그는 그대로 군을 이끌고 성으로 쳐들어가 부왕의 목을 쳐 효시했다.

그때 나이가 고작 스무 살로 갓 성년이 되었을 때였다.

피로 물든 황좌에 오른 라파엘로는 이건 겨우 시작에 불과하다는 듯, 부패한 귀족들을 가차 없이 처형해 댔다. 많은 피가 흘렀다. 성 안팎으로 피비린내가 가실 날이 없었다.

처음에는 다들 새 황제를 떠받들었다. 라파엘로를 난세의 영웅이라며 칭송했다.

그것도 잠시, 죽어 가는 사람의 수가 너무 많았다. 부패한 귀족이 죽고, 그 귀족에게 발을 걸친 부르주아가 죽고, 상인이 죽었다.

참다못한 하멜 백작이 나섰다.

"죄가 크다 하나 죽이는 것으로 모든 일을 해결할 수는 없습니다, 폐하!"

라파엘로는 깊게 가라앉은 눈으로 하멜 백작을 바라보았다. 감정이랄 게 존재하지 않는 것처럼 무기질적인 두 붉은 눈이 불길하기 짝이 없어 보였다.

시선을 받은 하멜 백작이 저도 모르게 마른침을 삼키며 긴장으로 어깨를 움츠렸을 때, 라파엘로가 태연자약하게 말했다.

"짐은 더러운 걸 보면 구역질이 나 참을 수 없다."

시 구절이라도 한 줄 읊는 듯 근사한 목소리가 대전으로 넓게 퍼져 나갔다.

"그러니 모두 죽여 없앨 것이다."

하나 입에 담은 말은 섬뜩하기 그지없었다.

심지어 라파엘로는 허언하지 않는다. 말한 바를 실행해 온 사람이었다. 따라서 앞으로도 그 말을 실행할 터였다. 계속 이렇게 칼 위에 선 듯한 긴장감을 안은 채, 언제 목이 베일지 모른다는 두려움을 안고 살아야 한단 뜻이었다. 대전을 채우고 있던 귀족들은 사색이 되어 뒤늦게 한마디씩 외치기 시작했다.

"과한 처사이십니다, 폐하!"

"이것이 폭정이 아니면 무엇입니까!"

"피로 다스리는 나라가 어찌 잘 돌아갈 수 있겠습니까!"

라파엘로는 무심한 눈으로 귀족들을 훑어보더니 작금의 상황을 만들어 낸 선동자인 하멜 백작을 보았다.

"자네도 동의하는가?"

"물론입니다."

하멜 백작은 당연하다는 듯 엄중한 표정으로 말했다.

"그렇군. 하지만 말일세, 하멜 백작. 짐은 이런 생각이 드는군."

"예……?"

"이런 주청을 올리는 이가 불법 암시장을 운영하고 있다면, 이게 과연 옳은 이유의 청원일 것인가?"

귀족들은 암시장이라는 말에 웅성거리며 하멜 백작을 묘한 눈초리로 바라보았다. 하멜 백작의 안색이 새파랗게 질렸다.

"무, 무슨 말씀이신지 모르겠습니다, 폐하."

라파엘로는 그의 말을 무시하며 다시 입을 열었다.

"상대를 설득하기 위해 필요한 세 가지 요소가 있네."

그는 손가락을 세 개 펼치더니 하나를 접었다.

"하나, 논리가 있을 것."

또 한 손가락이 접혔다.

"둘, 공감할 수 있을 것."

이윽고, 마지막 손가락이 접혔다.

"셋, 신뢰가 있을 것."

대전에 침묵이 내려앉았다.

"자네의 말에 무엇이 없는지 알겠나?"

하멜 백작은 당장 무릎을 꿇고 벌벌 떨며 애원했다.

"살려 주십시오, 폐하! 이번만 살려 주신다면 평생을 바쳐 충성할 것입니다!"

"저런."

라파엘로가 짐짓 안타깝다는 듯한 말투로 무심히 읊조렸다.

"그대는 셋 다 없군."

"폐하! 살려 주십시오! 살려 주십시오, 제발!"

귀족들은 참담한 눈으로 하멜 백작을 바라보다 고개를 돌렸다.

라파엘로가 말했다.

"죽여라."

촤악—!

또 하나의 목이 대전에 떨어졌다.

─❦─

라파엘로 황제가 집권한 지 어느덧 4년이 흘렀다.

황제는 냉혹할지언정 잘못이 없는 이는 죽이지 않았다. 문제는, 잘못의 경중을 재지 않아 죽어 나가는 자가 너무 많다는 점이었다.

사람들은 이렇게 생각했다.

"혹시 잘못을 뒤집어씌워서 저를 거역하는 이들을 다 죽이고 있는 것이라면?"

사람은 공포로만 다스릴 수 없었다. 반드시 관용이 필요했다. 이대로라면 라파엘로는 자신이 했던 것처럼 누군가가 일으킨 쿠데타에 휩쓸려 목숨을 잃게 될지도 몰랐다.

라파엘로의 최측근이자 시종장인 제레미는 이 사태를 해결할 대책이 필요했다.

"민심만 잡으시면 폐하를 칭송하는 목소리가 높아질 텐데……."

그러다 묘한 소문을 들었다.

"해결할 수 없는 문제가 생겼을 때, 힐 공작가의 카예나를 찾아가라. 그녀가 모르는 세상일은 없다."

"으음, 그게 가능한 일인가?"

제레미는 반신반의했으나 지금은 지푸라기라도 잡아야 할 때였다.

그리고.

"처음 뵙겠습니다, 카예나 힐입니다."

제레미는 저도 모르게 입을 떡 벌렸다. 레제프 힐 공작의 미모가 대단한 것은 몇 번 보아 알고 있었다. 한데 그의 하나뿐인 누이에 대해서는 거의 알려진 바가 없어 오늘 처음으로 보게 되었다.

'이렇게 대단한 미인이었을 줄이야…….'

그는 살면서 본 사람 중 카예나 공녀가 가장 아름답다고 이 자리에서 목숨 걸고 장담할 수도 있었다.

"시종장님?"

"아, 실례했습니다, 공녀. 제레미라고 불러 주십시오."

그들은 테이블을 사이에 두고 앉았다. 제레미는 단도직입적으로 용건을 말했다.

"폐하를 도와주십시오, 공녀."

"……."

카예나는 올 것이 오고야 말았다는 표정으로 잠깐 침묵했다.

'이번 생은 무탈하게 조용히 지나갈 수 있을 줄 알았는데.'

카예나가 바깥에 모습을 드러내지 않고도 세상일에 통달한 이유는 간단했다. 여기는 소설 속이었고, 카예나는 그 책을 완결까지 읽었으며, 심지어 이 세계에서만 2회 차 인생을 살고 있는 탓이었다.

그녀는 과오를 저지르지 않기 위해 회귀하자마자 레제프를 착하고 바르게 잘 키워 공작 위까지 순조롭게 올려 주었다.

'이렇게 은둔하면서 조용히 살면 될 줄 알았는데.'

카예나는 입술을 잘근 물었다. 라파엘로 황제가 만일 레제프가 선황제의 핏줄임을 알게 되면 가문에 피바람이 몰아칠 게 뻔했다. 왜냐면 이미 1회 차 때도 그랬고 소설에도 그렇게 쓰여 있었기 때문이다.

'그나마 지금은 원작과 달리 레제프가 착해져서 라파엘로와 반목하며 황위를 노리지는 않겠지만.'

그래도 혹시 모를 일이었다.

"……좋아요. 그렇게 하죠."

이렇게 된 이상, 직접 황제를 찾아가 우호적인 관계를 맺는 수밖에.

─❀─

"누님, 꼭 이래야만 합니까?"

레제프는 누이가 황제의 시녀가 된다는 사실을 받아들이기 어려웠다. 심지어 황제는 툭하면 사람을 죽여 대기로 악명이 자자한데!

"우리가 살려면 어쩔 수 없어."

레제프는 동의할 수 없다는 표정으로 이를 빠드득 갈았다.

"만약 그자가 누님의 털끝 하나라도 건드린다면 저는 반역을 일으킬 겁니다."

"누가 들으면 진짜로 큰일 나."

카예나는 과보호가 심한 동생의 말에 고개를 절레절레 흔들고는 마차에 올랐다.

드디어 오늘, 그녀가 황성에 입궁하는 날이었다.

마차는 빠르게 달려 금세 황성에 도착했다.

"반갑습니다, 공녀님. 저는 시녀장인 베라입니다."

"카예나 힐이에요."

카예나는 시녀장 베라와 간단히 통성명하고 인사를 마친 후 직급을 배정받았다.

"앞으로 카예나 님은 폐하의 지근 시녀가 되실 겁니다."

그건 제레미와 미리 상의하여 정한 직급이었다.

"폐하께서는 불면증이 있으셔서 신경이 날카로우십니다. 향수, 부딪치는 소리가 시끄러운 장신구 등은 일절 사용하실 수 없습니다. 그리고……."

이외에도 베라는 유의 사항을 수십 가지 쏟아 내며 설명했다.

'네네, 이미 잘 알죠.'

카예나는 소설의 남자 주인공인 라파엘로에 대해 잘 알고 있었다. 그녀는 고개를 끄덕이다 베라가 말을 끝마쳤을 때 넌지시 물었다.

"주방을 좀 쓸 수 있을까요?"

주방은 직급이 낮은 시녀나 하인들이 드나드는 장소였다. 베라가 의아하게 되물었다.

"주방…… 이요?"

"네, 주방이요."

뭘 좀 해야 할 게 있어서요.

─❀─

"짐의 친자만 찾아내면 이 황성에서 검은 머리란 검은 머리는 모조리 도륙할 것이야!"

지겹다. 지겹게 반복되는 꿈이 또다시 이어지고 있었다. 부왕의 패악이 끝나기가 무섭게 자신은 이렇게 말할 것이다.

그래서 폐하의 친자는 찾으셨습니까?

"그래서 폐하의 친자는 찾으셨습니까?"

"네놈……!"

어리석고 멍청한 부왕. 그는 왕관의 무게를 감당할 수 없는 사람이었다.

끝을 모르는 자기 연민과 지긋지긋한 피해 의식. 라파엘로는 이 모든 게 지겨웠다. 자신이 약간 돌아 버린 건 틀림없이 사는 게 지겨워서이리라.

그는 이딴 역겨운 황성에 머무르고 싶지 않아 어린 시절부터 전장을 떠돌았다. 살육에 너무 익숙해져서 무뎌질 대로 무뎌져 그마저도 지겨워졌을 때쯤, 라파엘로는 수도로 돌아왔다. 그리고 부왕의 앞에 섰다.

"폐하, 저를 진짜 죽이고 싶으셨으면 그 말을 입 밖으로 내지 않으셨어야 합니다."

그건 그래도 절반의 피를 준 아비를 위한 마지막 충고였다. 사실 태어나고 싶지도 않았지만.

"닥쳐라! 근위! 당장 황태자를 끌어내라!"

"소용없습니다."

스릉—

"너, 너 지금 어느 안전이라고 검을 빼 드는 것이냐!"

"제가 방금 말씀드리지 않았습니까? 진짜로 죽이고 싶으면 입 밖으로 내지 않았어야 한다고."

"라파엘로!"

라파엘로는 이것이야말로 진정한 효도라고 생각했다.

"그간 저와 모후를 미워하느라 고생하셨습니다. 이만 편히 가십시오."

혼자 지옥에 떨어져 살고 있다고 착각하며 늘 고통스러워하셨으니, 이로써 자유를 찾으시길.

촤악! 부왕의 목이 떨어졌다.

라파엘로는 한동안 그 광경을 바라보았다. 현실의 일은 거기서 끝났었다.

그러나 이건 꿈이다.

라파엘로는 이 지긋지긋한 꿈에서 가장 좋아하는 대목이 이제 시작됨을 알았다.

그는 아비의 목을 쳐 피에 젖은 검을 세워 들었다. 날카로운 검날에서 뿜어져 나오는 섬뜩한 예기가 목덜미에서 느껴졌다.

이제 이대로 제 목을 베어 내면 식은땀에 젖은 채 잠에서 깨어날 것이다. 부왕을 죽인 날 이후로 지난 4년간 매일같이 꾼 꿈이라 모를 수가 없었다. 그렇게 손아귀에 힘이 꾹 들어갔을 때.

달그락.

……이게 무슨 소리지?

이 끝없이 반복되는 악몽에서 한 번도 들은 적 없는 소리가 선명히 들려왔다.

번쩍!

라파엘로는 악몽을 꾸게 된 이후 처음으로 그의 목을 자르지 않고 꿈에서 깨어났다.

"……."

그는 눈동자만 굴려 집무실 내부를 훑어보았다. 커튼을 쳐 두어 한낮임에도 마치 새벽을 닮은 은은한 빛이 내부를 채우고 있었다.

그가 잘 아는 풍경이었다.

라파엘로는 영문을 알 수 없어 짧게 한숨을 내쉬며 소파에서 몸을 일으켰다.

그러다 보았다.

'……여자?'

소파 등받이 너머로 연한 금빛 머리카락을 공처럼 둥글게 말아 낮게 묶고 리본으로 동여맨 여인이 차를 내리고 있었다. 자태에서 고귀한 분위기가 흐르는 것을 보니 예사 집안의 딸이 아닌 듯했다.

"넌 누구냐?"

그가 낮게 잠긴 목소리로 묻자 여인이 눈을 살짝 크게 뜨며 옆을 돌아보았다.

어스름한 빛 때문인지 여자는 마치 은빛 안개에 휩싸인 것처럼 신비로웠다. 기다린 하늘빛 눈동자에 스민 햇실 한 조각 때문일까? 이상하게도 그녀의 모습이 시야를 가득히 채우는 것만 같았다. 미인은

커녕 사람에 감흥이 없는 그가 보기에도 대단히 아름다운 여자라 그런 것일까?

여자는 능숙하게 예법을 구사했다.

"카예나 힐이 위대하신 황제 폐하께 인사드립니다."

라파엘로는 상대가 힐 공작의 누이라는 사실을 알아차렸다.

"공녀가 왜 여기에 있지?"

"오늘부터 폐하의 시중을 도맡게 되었습니다."

그는 난데없이 카예나가 제 지근 시녀가 된 배후에 제레미가 있음을 능히 예측할 수 있었다.

'쓸데없이.'

그는 주변에 사람이 느는 것을 극도로 싫어했다. 그게 제아무리 비현실적으로 아름다운 여인이라 할지라도.

"지근 시녀 같은 건 필요 없으니 나가라."

그의 목소리는 얼음장처럼 차가웠다. 다른 이가 똑같은 말을 들었다면 금방 얼굴이 희게 질려 몸을 덜덜 떨었을지도 몰랐다. 혹시 저 폭군 황제가 날 죽일지도 몰라, 라고 생각하며.

하나 카예나는 안색 하나 바뀌지 않고 제 할 말을 했다.

"최근에 식사를 자주 거르신다고 들었습니다."

라파엘로는 감히 황제의 말을 가뿐히 무시하는 공녀의 태도에 한쪽 눈썹을 휙 치올렸다.

카예나가 정성껏 우려낸 차를 따랐다.

쪼르륵—

좋은 냄새가 집무실 내로 꽃향기처럼 퍼져 나갔다. 라파엘로는 모든 것이 거슬렸다. 특히 향은 정말이지 싫었다. 그의 부친이 유독

향수를 좋아했던 탓일지도 몰랐다.

그런데 지금은 차의 향이 거슬리지 않았다. 카예나가 찻잔을 들고 와 그의 코앞에 내밀어도 역겹게 느껴지지 않았다.

'왜지?'

지금껏 이런 적이 한 번도 없었기에 희미한 혼란이 아직 완전히 가시지 않은 꿈의 흔적처럼 그를 뒤흔들었다. 라파엘로는 커다란 손으로 얼굴을 쓸어 올렸다.

약간 신경질적인 기색이 묻어나는 동작이었음에도 워낙 근사한 얼굴과 대단히 매혹적인 몸매의 소유자라 어쩐지 야릇하게 보일 지경이었다. 카예나는 저도 모르게 그의 미모를 훔쳐보다가 붉은 시선과 마주치자 조금 찔끔했다.

라파엘로는 마지못한 기색으로 물었다.

"이게 무엇이냐?"

"홍차에 우유를 탄 것입니다. 입맛에 맞으실 거예요."

그를 평생 보필한 제레미도 모르고 그도 모르는 취향을 대체 생면부지의 공녀가 어찌 안단 말인가? 라파엘로는 일순 기가 막혔으나 스스로 목을 베기 직전에 꿈에서 깨어나 기분이 싱숭생숭한 상태였다. 그래서 자신답지 않게도 순순히 찻잔을 받아 들었다.

"……."

그가 차를 한 모금 마셨을 때, 곁에서 기대 반 걱정 반 섞인 표정을 한 카예나가 물었다.

"어떠신가요?"

라파엘로는 피를 연상케 하는 붉은 홍차를 좋아하시지 않았다. 아니, 그냥 붉은색이라면 다 싫었다. 그래서 눈동자가 핏방울처럼 붉은 자기 자신이 그토록 싫은 걸지도 몰랐다.

한데 이것은 달랐다. 진하게 풍기는 게 홍차의 그윽한 향이 이상하게도 기분을 차분하게 가라앉혀 주었다. 뽀얀 우유가 풍미를 배가하는 것도 괜찮았고, 무엇보다 찻물이 혼탁한 게 마음에 들었다.

'……마음에 든다니.'

그건 꽤 놀라운 감각이었다.

'이 홍차는 마음에 들어.'

불면증 때문에 날카롭게 일어선 신경마저 누그러질 정도로 마음에 들었다.

"제법 괜찮구나."

카예나가 대단한 시험에 합격이라도 한 듯 활짝 웃었다. 그 모습이 먹구름 가득한 하늘에 투명한 햇살 한 줄기가 그에게 내려앉기라도 한 것처럼 거슬렸다.

라파엘로는 옆의 테이블에 찻잔을 무신경하게 내려놓고 냉랭하게 축객령을 내렸다.

"이제 나가."

─◈─

그것은 시작에 불과했다.

"잠시 쉬시는 게 좋겠습니다, 폐하. 시종장님이 곧 식사를 가져오실 거예요."

카예나는 굴하지 않았다. 그녀는 번번이 나가라는 말을 들어도 꿋꿋하게 새로운 용건을 만들어 그를 찾아왔다.

라파엘로는 피에 미친 황제라느니 하루라도 누구를 죽이지 않으면 견디지 못하는 광인이라느니 하는 무시무시한 소문과 달리 단지 거슬린다는 이유만으로 사람을 죽이지는 않았다. 게다가 이렇게 그에게 사람 대 사람으로 접근해 오는 타입에게는 은근히 무른 구석도 있었다. 제레미 시종장이나 호위 기사 바스턴 같은 이들이 대표적인 예였다.

카예나는 그 사실을 원작으로 보아 알고 있었으니 그를 대하는 것에 거리낄 게 없었다.

"차를 다 드셨네요? 따뜻하게 다시 한잔 올리겠습니다."

라파엘로는 모든 말에 침묵으로 일관했다. 제게 조금도 겁을 내지 않는 카예나를 상대하지 않는 게 그가 찾은 해법이었다.

'알아서 지쳐 떨어지겠지.'

그렇게 여기고 하루가 지나고 이틀이 지나고 일주일이 지나 어느새 카예나는 한 달째 지근 시녀로 일하고 있었다. 라파엘로는 여느 때처럼 카예나를 무시하며 서류를 넘기고자 했으나 이토록 끈질기게 구는 것이 기가 막혀 고개를 들어 올리고 말았다.

때마침 카예나가 새로 내린 차를 들고 바로 앞까지 와 있었다. 라파엘로가 약간 지긋지긋함을 담아 한마디 던졌다.

"집요하구나."

"감사합니다, 폐하."

"……."

정말이지 기가 막혔다.

라파엘로는 다시 시선을 돌려 서류에 온 집중력을 쏟았다. 카예나는 없는 사람이다, 없는 사람이다, 없는 사람이다…….

"한 잔 더 따라 드릴까요?"

……도저히 무시하기 어려웠다.

"나가."

"네."

한 가지 다행인 건, 카예나가 그래도 명령에 불복하지는 않는다는 것이었다. 다시 평온한 마음으로 업무를 처리하던 중 라파엘로가 펜을 내려 두며 중얼거렸다.

"제레미를 불러야겠는데……."

똑똑.

그때 노크가 울렸다.

"폐하, 제레미입니다."

그렇지 않아도 그를 부르려던 참이었는데 알아서 집무실을 찾아왔다. 라파엘로는 어쩌다 타이밍이 잘 맞아떨어졌다고 생각했다.

"들어와라."

달칵.

"부르셨습니까?"

"……?"

한데 제레미가 이상한 소리를 했다.

"널 부른 적 없다."

"예? 하지만……. 음, 착오가 있었던 모양입니다. 나가 보겠습니다."

"아니, 마침 부르려던 참이었다. 이리로 오라."

"아, 예."

라파엘로는 그에게 새로운 업무를 지시하고 나서 아까 있었던 일을 물었다.

"그런데 누가 네게 짐을 찾아가라고 했느냐?"

"아, 카예나 양입니다."

또 카예나였다. 라파엘로는 잠깐 관자놀이를 짚더니 한숨처럼 말했다.

"알았다. 나가 보아라."

제레미가 문을 열고 집무실에서 반쯤 빠져나갔을 때, 라파엘로가 그를 다시 불러 세웠다.

"잠깐. 공녀에게 짐이 찾는다고 전하라."

"아……."

제레미는 당황한 표정으로 문밖을 힐끔거렸다.

"뭐지?"

라파엘로가 제레미에게 왜 그러는지 묻는 순간, 갑자기 방금 부르려던 당사자인 카예나가 불쑥 들어왔다.

"부르셨습니까, 폐하?"

그것도 얄미울 정도로 예쁘게 방긋방긋 웃으면서 말이다. 꼭 저를 찾을 줄 알았다는 표정이었다.

"……공녀는 남고 제레미는 나가 봐도 좋다."

탁.

문이 닫히고, 라파엘로가 등받이에 상체를 기대며 양손을 깍지 꼈다. 두 눈은 카예나에게 고정되어 있었다. 그가 입을 열었다.

"공녀에게는 짐의 생각을 읽는 재주가 있나?"

카예나가 살짝 웃었다.

"과찬이십니다."

칭찬이 아니라 추궁이었다.

라파엘로는 그렇게 꼬이 붙이다가 관뒤 버렸나. 짐이 시레심삭한 것을 꾸짖어도 카예나는 다른 신하들처럼 "감히 소신이 폐하께 주제넘은 말을 내뱉었습니다. 용서하여 주십시오." 같은 말이 아니면 달리 할 수 있는 말도 없을 것이다. 라파엘로는 눈을 살짝 가늘게 뜨다가 그녀에게 손짓했다.

"의자를 가져와서 여기에 앉아라."

"네."

이럴 때면 사람이 순순한 건지 제멋대로인 건지 헷갈렸다.

'아니. 아주 명백하게 제멋대로인 거지.'

라파엘로는 카예나가 낑낑대며 의자를 들고 오는 걸 보다가 한숨을 푹 내쉬었다.

성큼성큼.

그는 카예나가 무겁게 끌고 오던 커다란 원목 의자를 한 손으로 휙 잡아 들고 그의 업무 테이블 옆에 툭 놓았다.

"와."

'과연 덩치에 맞게 힘도 괴물 같으시네.'

괜히 전장에서 적들을 다 쳐부수고 다닌 게 아니구나. 카예나는 그의 힘에 순수하게 감탄했고 라파엘로는 더 어이가 없어졌다.

"앞으로 무얼 할 때는 내 허락을 구해라. 그게 아니면 여기에 가만히 앉아 있어."

"네."

라파엘로는 고개를 살짝 내저으며 다시 테이블 앞에 앉아 업무를 처리하기 시작했다.

한데 카예나가 옆에서 가만히 있지 않고 또 꼼지락거렸다.

"공녀……."

그는 말을 채 잇지 못하고 미간을 찡그렸다. 카예나가 서류를 완벽하게 분류해 정리하고 있었다. 눈대중으로 보고 이렇게 정리할 수 있는 시녀가 과연 존재나 할까?

'대체 뭐 하는 여자지?'

그러고 보니 바스턴이 일전에 뭐라고 떠들어 댄 게 떠올랐다.

"폐하, 혹시 그거 들으셨습니까?"

"관심 없다."

"힐 공녀 말입니다. 폐하의 지금 시녀가 된 그 공녀요. 그 공녀님에 관해 아주 신기한 소문이 있지 뭡니까?"

"……뭔데?"

"해결할 수 없는 문제가 생겼을 때, 카예나를 찾아가라. 그녀가 모르는 일은 없다! 와, 사람이 어떻게 하면 그런 소문이 날 수가 있죠?"

라파엘로는 의아해졌다.

"그녀는 여태껏 사교계 데뷔도 하지 않았는데 왜 그런 소문이 퍼진 것이냐?"

"10년 전 역병이 돌았을 때 이상할 정도로 빨리 해결된 일이 있었잖습니까? 그게 공녀가 해결한 일이라고 합니다."

"……10년 전이면 그녀는 고작 열 살이었을 텐데?"

"그러니까요! 그것뿐만이 아니라 7년 전에 제방이 터질 것을 예상한 것도, 갑자기 사라졌던 옥새를 찾은 것도 카예나 공녀의 공이랍니다."

'말도 안 돼.'

이 여자가 예언자거나 그 비슷한 존재라도 된단 말인가?

그가 뚫어지게 바라보자 카예나가 고개를 갸웃했다.

"폐하? 뭔가 지시하실 거라도 있으신가요?"

라파엘로는 어쩐지 마뜩잖은 기분으로 말했다.

"아니다. 하고픈 대로 해라."

아주 마음껏 해라.

카예나는 또 고개를 갸웃하다가 대답했다.

"네."

그리고 황제의 말대로 하고 싶은 대로 열심히 그의 업무를 도와주었다.

"폐하, 저 잠시만 자리에서 일어나도 될까요?"

끄덕.

라파엘로는 서류에서 시선을 떼지 않고 대충 고개를 끄덕였다. 그러다 갑자기 집무실 안이 어두워졌다는 사실을 깨닫고 고개를 들어 올렸다. 카예나가 집무실 안을 어둑하게 만들고 있었다.

"뭐 하는 거지?"

"곧 오수에 드실 시간이라서요."

라파엘로가 시계를 힐끗 보았다. 그녀의 말대로 5분 후면 그가 잠깐 집무실 소파에 누워 눈을 붙이는 시간이었다.

'……그리고 보니 슬슬 졸리는군.'

어젯밤도 한숨도 잠들지 못했다. 그는 늘 하던 대로 두어 시간이라도 눈을 붙이려고 소파로 갔다. 한데 카예나도 졸졸 따라왔다. 대체 뭘 하려나 싶어서 그는 나가라는 소리도 하지 않은 채 소파에 길게 드러누워 버렸다.

카예나가 그의 옆에 섰다.

"폐하, 옆에 앉아도 되겠습니까?"

소파는 라파엘로의 키와 덩치에 맞춰 길고 넓었다. 그가 등받이에 붙어 누우면 충분히 걸터앉을 공간이 남을 정도였다. 다만 연인도 아닌 그들이 왜 이런 상황에 한 소파를 이용한단 말인가?

라파엘로는 잠깐 할 말을 잃은 표정이었다가 어디까지 하나 싶어 순순히 그녀가 앉을 자리를 내주었다.

"앉아."

카예나가 그의 허리께에 냉큼 앉았다. 그러더니 두 손을 활짝 펴서 내밀었다.

"오른손을 좀 주시겠습니까?"

"……뭐?"

이건 또 무슨 황당한 요구지?

카예나가 말했다.

"오늘 펜을 너무 오래 쥐셨습니다. 손을 풀어 드리려고요."

라파엘로는 가만히 카예나를 보다가 그녀의 활짝 펼친 손바닥 위로 오른손을 툭 올려놓았다. 카예나가 열심히 주무르기 시작했다. 다만 노력이 애석하게도 악력이 세지 않다 보니 시원하진 않았다.

"아프진 않으세요?"

이 정도로 아플 리가 있나? 라파엘로는 굳이 약하니 뭐니 타박하는 대신 이렇게 말했다.

"적당해."

카예나는 다행이라는 듯 살짝 웃었다. 꽤 기뻐 보였다.

'하여간 특이하군.'

손은 조금도 시원해지지 않았지만 카예나의 지분거림에 묘하게도 잡생각이 들지 않아 마음이 편안해졌다. 그렇게 점차 눈꺼풀이 무거워졌다.

"이제 됐다."

졸음 섞인 목소리가 흘러나왔다. 그는 카예나가 마사지를 그만하도록 손을 빼내며 무의식적으로 그녀의 손을 잡았다. 그리고 그대로 잠들었다.

카예나는 손을 빼내려다가 그가 간신히 잠들었는데 깨기라도 할까 봐 가만히 있었다.

'악몽은 안 꾸셨으면 좋겠는데.'

그가 어떤 꿈을 꾸는지 알고 있기에 마음이 좋지 않았다.

'그래도 표정이 편안한 걸 보면 지금은 괜찮은 것 같기도 하고.'

"……하암."

그녀는 길게 하품하며 다른 자유로운 손으로 눈가의 눈물을 닦았다.

'요즘 좀 무리하기는 했지.'

라파엘로에게 어떻게든 쓸모를 인정받고 진정한 측근이 되고자 설쳐 댔더니 잠이 부족했다. 그녀를 바짝 긴장하게 하는 당사자가 긴장을 완전히 풀고 선한 얼굴로 잠든 걸 보니 더욱 나른한 기분이 들었다.

"겉모습만 보면 딱 내가 좋아하는 외모인데."

이 근사한 외모로 미소 지으면 얼마나 보기 좋을까? 카예나는 실없는 생각을 하다가 고개를 꾸벅거렸다.

'조금만 쉬면 좋겠는데.'

그녀의 시선이 자신이 앉은 넓고 푹신푹신한 소파에 닿았다. 소파는 넓었고 끄트머리에 잠시 누워도 그가 느끼지 못할 것 같았다.

카예나는 손을 붙들린 채 모로 누웠다. 잠깐만 이렇게 쉬었다가 다시 일어날 생각이었다. 분명 그럴 생각이었는데…….

"……."

그대로 잠이 들어 버렸다.

─ 연화 ─

라파엘로는 품에서 뭔가가 꼼지락대는 것을 느끼며 잠에서 깨어났다.

눈을 뜨자마자 근래에 강제로 익숙해진 금빛 머리카락이 시야에 걸려들었다. 고개를 내리니 제 팔을 베고 등을 내보인 채 잠든 카예나가 보였다. 그는 기가 막힌다는 기분을 최근 상당히 자주 느낀다고 생각하며 중얼거렸다.

"정말 어이가 없군……."

그러면서도 카예나를 깨우지는 않았다. 최근 자신을 편하게 해 주기 위해 카예나가 지나치게 많은 일을 하고 있음을 잘 알고 있었다. 비록 시킨 적은 없지만.

'그래도 이 정도는 쉬게 해 주지.'

그는 자세를 고치다가 뒤늦게 자신이 카예나의 손을 붙잡고 있었음을 깨달았다. 그가 깰까 봐 손을 빼지 못하고 그대로 잠든 모양이었다.

"흐음."

뭐, 이건 기특한 것도 같고.

솔직히 말하자면, 카예나가 곁에 머물며 꼭 제 머릿속에 들어갔다 나온 사람처럼 필요한 것을 척척 챙겨 주는 게 대단히 편하기는 했다.

굳이 그를 귀찮게 하지 않으면서 식사까지 챙겼고, 잠깐 눈을 붙이는 시간도 말하지 않았는데 알아차렸다.

가장 큰 변화는 따로 있었다.

'요즘 악몽을 잘 꾸지 않는군.'

여전히 밤에 잠을 못 자는 건 똑같았다. 깜빡 선잠이라도 들면 어김없이 악몽을 꾸었다.

하나 집무실에서 잠깐 눈을 붙이고 있을 때는 악몽을 꾸지 않았다. 카예나가 신경 쓰이게 굴기 시작하며 생긴 변화였다.

그래서일까? 나가라는 말을 점차 하지 않게 되었다. 그녀가 무얼 하든 그냥 내버려 두었다. 카예나는 그가 조금도 겁나지 않는 모양인지 제멋대로 굴었다. 그 제멋대로인 행동이 라파엘로에게 대단히 먹혀드는 것 같기는 했다. 곁에 누군가가 있는 게 익숙해지기라도 한 건가?

'내가?'

그럴 수가 있나? 그가 곁에 누군가를 두지 않는 건 그냥 심술 같은 게 아니었다.

실제로 누군가가 옆에 있으면 숨이 턱 막혀 오며 구역질이 치밀어 올랐다. 어린 시절에는 그의 하자를 들키지 않도록 모후가 일부러 전장에 내보내기도 했다.

지금이야 그럴싸하게 티 내지 않고 참는 게 가능하지만, 증상이 사라진 건 아니었다. 그런데 카예나는 왜……?

뒤척.

라파엘로를 등지고 있던 카예나가 몸을 빙글 돌려 그의 품으로 파고들었다. 갑작스러운 상황에 그는 방금까지 하던 생각을 까맣게 잊어버렸다.

카예나는 몸을 뒤척이며 따뜻한 온기가 느껴지는 라파엘로의 품에 더 딱 달라붙으려 했다. 아직 이른 봄철이라 추위라도 느끼는 걸까? 라파엘로는 추위를 유독 타지 않았기에 집무실에는 담요 한 장 없었다.

카예나는 아예 라파엘로의 허리를 휙 감아 안았다. 그의 뜨거운 몸이 기분 좋은 것인지 얼굴을 비비기까지 했다.

움찔!

라파엘로는 저도 모르게 숨을 멈췄다. 떨어져 있을 때는 분위기 때문인지 이상하게 체구보다 더 커 보였던 그녀가 지금은 지나치게 작게 느껴졌다. 물론 188㎝의 위압적인 장신에 실전형 근육으로 뒤덮여 거대하기 짝이 없는 그의 품에 비하면 누군들 작지 않겠느냐만.

그는 천천히, 자연스럽게 팔을 움직여 카예나를 안았다. 편한 자세를 취하려는 이유도 있었고, 혹시 감기에 걸려 귀찮게 하지는 않을까 염려한 것도 있었다. 단지 그런 이유였다. 그런데 왜 이렇게 기분이 묘해지는지 모를 일이었다.

'이렇게 여인을 안아 본 게 처음이라 그런가……?'

"으음……."

그때 카예나가 잠에서 깨려는지 나직하게 잠투정했다. 라파엘로는 어쩐지 뜨끔해져 얼른 자는 척 눈을 감았다.

카예나는 부스스 눈을 떴다가 소스라치게 놀랐다.

"헉!"

'내가 미쳤나 봐!'

그녀는 벌떡 일어나려다가 가까스로 행동을 멈췄다.

'아직 주무시나?'

고개를 빼꼼히 들어 올리니 여전히 눈꺼풀을 꼭 감은 라파엘로의 얼굴이 보였다.

'으음, 근데 폐하께서 날 껴안고 계셔서 내가 일어나면 분명 깨실 텐데……. 어떡하지?'

이러지도 못하고 저러지도 못하고, 카예나가 난감한 표정으로 꼼지락댔다.

'아래로 살살 움직여서 빠져나가면…….'

그때 카예나가 품에서 자꾸 간질거리게 행동하는 걸 참다못한 라파엘로가 눈을 떴다.

"공녀."

"……으악!"

카예나는 조금도 우아하지 못한 비명을 질렀다가 겸연쩍게 목소리를 가다듬었다.

"크흠, 네, 폐하."

둘의 시선이 상당히 묘한 거리를 두고 마주쳤다. 카예나는 그를 올려다보았고 라파엘로는 그녀를 내려다보았다. 누가 보면 다정한 연인으로 보일 법한 상황이었다.

하나 이 상황은 겉보기와 달리 딱히 달콤하지는 않았다. 라파엘로는 그렇게 생각하며 짐짓 엄중한 표정으로 입을 열었다.

"이게 무슨 상황인지 설명해 보아라."

설명하고 말 것도 없는 상황이었으나 일부러 카예나를 곤란하게 만들고자 그리 물었다. 이상하게도 그녀가 당황하는 걸 보니 심술궂은 마음이 불쑥 치솟은 탓이었다. 스스로는 절대 그렇지 않다고 부정하고 있지만.

역시나, 그의 물음에 카예나는 얼굴을 더욱 빨갛게 물들였다. 워낙 희고 깨끗한 얼굴이라 꽃물이라도 들인 듯 점점 붉어지는 뺨이 싱그러워 보였다. 이 뺨을 손가락으로 콕 찔러도 보고 부드럽게 쓸어도 보고 싶다는 생각이 들 만큼.

"그게, 잠깐 소파에 머리를 댔더니…… 죄송합니다."

카예나는 어쩔 줄 모르는 표정으로 변명하다가 관둬 버렸다. 이 상황을 대체 뭐라고 변명할 수 있겠는가?

"절대로 폐하께 불순한 마음을 품고서 한 행동이 아니었습니다. 제 실수입니다."

라파엘로가 눈을 가늘게 떴다. 그녀에게 불순한 마음이 없는 건 그도 잘 알았다. 당연히 실수였을 것이다. 한데, 마음에 들지 않았다.

비록 라파엘로의 성격은 무척 냉혹하지만, 그의 외모는 대단히 매혹적이었다. 따라서 그에게 성적 매력을 과시하며 접근하는 여인이 한둘이 아니었다.

만일 굳이 그런 의도가 없었다고 해도 라파엘로를 보며 가슴 떨리지 않는 여자는 없었다. 이렇듯 약간의 여지조차 남기지 않고 실수라 딱딱 못 박아 버리고 심지어 그의 품에서 벗어나려고 낑낑거리는 여자는 카예나가 유일하다는 뜻이었다.

그가 조금도 남자로 느껴지지 않는다는 듯, 그런 건 다 남의 일이라는 듯 참 담백했다. 누구보다 적극적으로 그의 삶에 침투하고 있으면서 말이었다.

"그런데 폐하, 팔을 좀 풀어 주시면 안 될까요? 일어날 수가 없어서요."

그의 팔은 사람의 것이 아니라 돌덩이라도 되는지 카예나의 뒤척임에도 미동 하나 없이 단단했다.

"아."

라파엘로는 저도 모르게 그녀를 안은 팔에 점점 더 힘을 주었다는 사실을 뒤늦게 깨달았다.

'내가 왜 그랬지?'

그는 잠깐 뭔가에 씌기라도 한 것처럼 계속 그녀를 안고 있었다. 혼자서 낑낑대며 곤란한 표정을 짓는 카예나를 하염없이 바라보았다.

라파엘로는 묘한 기분이 되어 그녀의 허리를 감고 있던 팔을 풀어 주었다.

"……."

"……."

두 사람은 어색하게 소파에서 일어났다. 라파엘로는 괜히 제 손을 내려다보았다. 그녀를 안고 있던 감촉과 온기가 각인되기라도 한 듯 여전히 생생했다.

그게 나쁘지 않다. 카예나와 관련한 모든 게 나쁘지 않았다. 만일 지금 상황이 카예나가 아닌 다른 누군가였다면 이렇게 평화로이 지나 가지 않았을 터였다. 못해도 황성에서 내쫓아 버렸겠지.

카예나는 애써 달아오른 뺨을 식히며 최대한 아무렇지 않아 보이 는 표정으로 말했다.

"이만 커튼을 걷겠습니다."

"……그래."

그녀는 얼른 자연스러운 핑계를 대며 그에게서 멀어졌다.

괜히 방 안 분위기를 이상하게 조성하는 듯한 어스름한 빛부터 환 하게 밝혀야지.

그녀는 커튼을 활짝 젖히며 쏟아지는 햇살을 받아 냈다. 마치 하늘 에서 내려 준 사람처럼 아름다운 모습에 라파엘로는 잠깐 숨을 멈췄 다. 한순간 그녀가 천사 같다는 생각이 든 탓이었다.

'공녀가 예쁜 건 사실이지.'

황궁에 그녀가 등장하자마자 일대 파란이 일어날 정도였다고 들었 다. 그런 것에 전혀 관심 없는 자신조차도 아름답다는 생각을 했을 정도니까. 그래서 이런 묘한 기분이 드는 것이리라.

라파엘로는 소리 없는 한숨을 내쉬며 다시 업무를 시작하고자 테이블로 돌아갔다. 잉크 냄새가 훅 끼치자 기분이 정리되는 것 같았다. 하나 시선은 여전히 커튼을 걷어 고정하는 중인 카예나를 향하고 있음을 그는 눈치채지 못하고 있었다.

-⁕-

라파엘로와 같은 소파에서 잠들었던 날 이후, 카예나는 얼른 부끄러운 기억을 잊어버리려 노력했다. 하지만 라파엘로는 그렇지 못했다.

"……."

그는 의식하지 않으면 자꾸만 저도 모르게 카예나를 빤히 쳐다보게 되었다.

그 사실을 자각할 때면 짙은 혐오감에 몸서리쳤다. 감히. 나 따위가 누군가를.

라파엘로는 타인과 함께 있는 게 괴로워서 밀어내는 것도 있었지만, 기저에는 지독한 자기혐오가 깔려 있었다.

"너나 네 어미나 다 똑같아! 감히 황제인 날 그따위 눈으로 봐? 지금 내가 못 오를 자리에 올랐다고 생각하는 게냐!"

"그런 적 없습니다, 부왕."

"닥쳐! 어차피 네 몸에 흐르는 피의 절반은 나야. 내 피라고!"

그러니 너도 나와 똑같아!

라파엘로는 안색이 순식간에 창백해져 입을 틀어막았다.

'내 몸에 그 역겨운 인간의 피가 흐르고 있어.'

자식은 부모를 닮게 되어 있으니, 저도 결국 그런 인간일까? 더럽다. 역겹고 더러워서 참을 수가 없었다. 나 자신이.

"폐하, 괜찮으십니까?"

어느새 카예나가 일어나 그의 상태를 살폈다.

'갑자기 왜 이러시지?'

1회 차의 경험도 있고, 소설도 읽어 라파엘로에 대한 정보는 꽤 풍부했다.

'이 소설의 남자 주인공이며 레제프와 대립하는 인물이고 언젠가 올리비아라는 여자와 계약 결혼을 하게 되지.'

다만 로맨스 소설의 특성상 포커스는 여자 주인공에게 맞춰져 있었으므로 그의 자세한 상태에 대해서는 알지 못했다.

'레제프가 선황제의 사생아라는 사실이 소설에서 나오지 않았던 것처럼.'

혹시 이 남자에게 소설에 나오지 않은 모종의 비화가 더 있는 걸까?

'짐작되는 게 없는데…….'

불면증과 어느 정도의 결벽증이 있다는 것 외에는…….

'결벽?'

카예나는 뭔가 번뜩 떠올랐다.

'결벽증이 있다면, 어쩌면 사람에게도 불결함을 느낄지도 모르겠어.'

그래서 자신이 이렇게 근처에 있는 게 실은 그에게 몹시 곤욕스러운 일일지도 몰랐다.

하지만 그렇다고 아픈 사람을 그냥 내버려 둘 수는 없는 일.

"의원을 불러오겠습니다."

탁! 카예나가 의원을 부르려고 자리에서 일어나자 라파엘로가 붙잡았다.

"가지 마."

그는 무심코 카예나의 팔을 힘껏 잡았다가 희미한 신음이 들리자 고개를 들어 올렸다.

라파엘로는 깜짝 놀라며 얼른 손을 떨어트렸다.

"미안하다."

"저는 괜찮아요. 폐하의 안색이 좋지 않으십니다. 정말 의원을 부르지 않아도 괜찮겠습니까?"

"말해도 소용없으니 부르지 않아도 된다."

"……."

카예나는 말없이 다시 자리에 앉았다. 라파엘로는 차라리 그 침묵이 편했다. 그러나 확인해 봐야 할 게 있어 계속 침묵을 지킬 수 없었다.

"팔 줘 봐."

자신이 세게 쥐었던 팔을 줘 보라는 말이었다.

"괜찮습니다."

"황명이야."

그가 그렇게까지 말하자 카예나는 어쩔 수 없이 팔을 내밀었다. 소매를 걷으니 흰 살결에 선명히 찍힌 붉은 자국이 보였다.

'멍은 남지 않겠군.'

다른 이였다면 적당한 보상을 해 주고 금방 관심을 꺼 버렸을 수준의 일이었다. 하지만 상대가 카예나라 그러지 못했다.

"의원에게 보이고 와. 그리고 오늘은 이만 쉬어라."

"아프지도 않은걸요. 계속 폐하를 보필하겠습니다."

라파엘로는 미간을 살짝 좁혔다가 팔을 놓아주고는 시선을 돌렸다.

"알아서 해."

"네."

대답은 잘하지. 라파엘로는 속으로 혀를 찼다.

집무실은 다시 사각거리는 소리만 가득해졌다. 라파엘로는 그 이후로 선황제에 관해 조금도 떠올리지 않았다.

그저, 카예나의 팔이 신경 쓰일 뿐이었다.

— ❁ —

"요즘 왠지 황궁이 좀 조용해진 것 같지 않나요?"

어느 궁정인의 말에 누군가가 퉁명스럽게 대꾸했다.

"폭풍 전야 같은 거지요. 황궁이 조용할 리가 없잖습니까?"

"하지만 근 한 달간 궁내에서 죽은 사람이 없잖아요. 다들 이제야 평화가 찾아온 것 같다고 기뻐하고 있어요."

"나 참, 고작 한 달 가지고. 최소한 석 달은 봐야지요."

"뭐, 그것도 그렇겠네요."

그들은 이게 잠깐의 평화일지도 모른다는 것에 동의했다.

"그런데 조용해진 시기가 꼭 그 대단한 가문의 아가씨가 궁에 머물게 된 때랑 맞아떨어지는 것 같지 않나요? 힐 공녀님 말이에요."

그건 확실히 주목할 만한 부분이었다.

"아아, 그 금발의 엄청난 미인 아가씨? 그러게 말입니다. 흐음, 어쩌면……"

그때였다.

"어쩌면?"

궁정인들은 사색이 되어 뒤를 돌아보았다. 제레미가 미소 띤 얼굴로 그들 뒤에 서 있었다.

"어쩌면 그다음은 무엇인가?"

"시, 시종장님!"

"어서 말해 보시게. 나도 궁금하거든."

"제가 실언했습니다. 용서해 주십시오!"

제레미는 미소를 싹 지워 내고 차갑게 굳은 표정으로 말했다.

"궁내에서 입을 잘못 놀렸다가 이 바닥을 적신 피가 얼마나 많은지 자네들도 잘 알겠지?"

"……면목 없습니다."

"처신들 똑바로 하게."

궁정인들은 그가 이번은 조용히 넘어가겠다는 식으로 말하자 금방 표정을 활짝 풀었다.

"감사합니다!"

"다들 이만 일들 해."

궁정인들은 제레미가 혹여 말을 번복하기라도 할까 봐 부리나케 흩어졌다.

제레미는 혀를 끌끌 차며 고개를 내젓다가 묘한 표정으로 흐음, 하는 소리를 길게 냈다.

"어쩌면, 이라니.″

어쩌면, 지금까지 공석이었던 어떤 자리 하나가 곧 채워질지도……?

"흐흐흠, 으흐흠."

그는 신나게 콧노래를 부르며 황제의 집무실로 향했다.

-⠀⠀-

"폐하, 차를 좀 더 내올까요?"

"아니."

"참, 아까 말씀하셨던 서류 정리는 다 끝났습니다."

"거기 둬."

"시장하지는 않으신가요?"

라파엘로는 손을 잠깐 멈추고 카예나를 보았다.

"전혀."

원래 그녀는 테이블 끄트머리에 앉았었으나 지금은 그의 바로 옆에 딱 붙어 있었다. 카예나가 도맡는 일의 비중이 점차 늘어나면서 그녀의 자리가 슬금슬금 그에게 가까워지더니 지금 이 꼴이었다.

물론 중차대한 일이 있으면 카예나를 떨어트리기는 했다. 그렇다 해도 카예나가 그의 생활에 깊이 들어왔다는 사실은 부정할 수 없었다. 상황이 이러니 허튼 생각을 품는 자들도 생겨났다.

라파엘로가 넌지시 물었다.

"아까 누가 부르는 것 같던데."

그 말에 카예나가 서류를 보던 시선을 들어 올리며 대답했다.

"아, 제논 에반스 경이 식사를 제안해서 거절하고 왔습니다."

제논이라면 아직 미혼의 영식이었으니 카예나에게 그런 제안을 할 만한 입장이었다.

하나 그것이 정말 이성적인 관계만을 염두에 두고 한 접근일까? 라파엘로는 그렇지 않다고 생각했다. 제레미가 아니면 딱히 누구도 중요하게 여기지 않는 라파엘로가 카예나를 한 달이 넘어가도록 곁에 붙여 놓고 있으니 다들 다른 생각을 품는 것이었다.

그리고 에반스 후작가는 동부의 지주. 비리가 있어도 틀림없이 한 참은 있을 가문이었다. 단지 선황제를 지지하지 않았던 세력이라 지금껏 놔둔 것이었는데…….

'역시 죽여 버렸어야 했나?'

라파엘로는 자신이 펜을 거의 부러트릴 기세로 꽉 쥐고 있다는 사실을 모르고 있었다.

"폐하?"

"……거절은 잘했다. 그는 정치적 이권을 노리고 너에게 수작을 부리려는 것이었을 테니."

"네. 저도 그렇게 생각합니다."

"현명하군."

카예나는 놀란 표정을 지었다. 그 표정에 라파엘로가 물었다.

"왜?"

"아, 폐하께서 이렇게 칭찬다운 칭찬을 해 주신 건 처음이어서요."

카예나가 배시시 웃었다.

"기쁘네요."

비록 그다지 엮여 좋을 게 없는 집안의 남자가 한 식사 제안을 거절한 것뿐이지만.

"……"

라파엘로는 잠깐 숨을 멈췄다. 그러다 간신히 이상하지 않을 정도의 공백을 둔 채 말했다.

"공녀."

"네?"

"앞으로 짐이 오전 정무를 보는 시간에는 집무실 출입을 금한다."

난데없는 축객령이었다.

카예나는 잠깐 어이가 없어 곧바로 대답하지 못했다. 폐하께서 갑자기 왜 심술을 부리실까? 내가 뭔가 거슬렸나?

'정말 맞추기 까다로운 사람이야.'

그래도 상관이 까라면 까야지 별수 없는 노릇이었다. 카예나는 직장 상사의 까탈에 익숙한 현대인으로 충분히 살아 보았다.

그녀는 곧장 자리에서 일어났다.

"명을 받듭니다."

그렇게 카예나가 미련도 없다는 듯이 집무실을 휙 나가고, 뒤이어 제레미가 들어왔다.

"어? 카예나 양을 어디로 보내신 겁니까?"

"시녀가 해야 할 일을 하러 갔겠지."

"예? 그런 거면 이곳에 있어야지요!"

라파엘로는 미간을 찡그렸다.

"어째서지?"

그야 미래의 황후시니까요, 라고는 뚫린 입이라도 말할 수 없었다. 혹시라도 둘 사이가 그의 생각처럼 풀리지 않아 독박이라도 쓰면 어쩐단 말인가? 제레미는 신중한 사람이었다.

"그야 그녀가 폐하의 지근 시녀니 말씀드린 겁니다. 그간 폐하를 잘 보필해 오지 않았습니까?"

"단지 오전 정무 때만 내보낸 것이니 호들갑 떨지 마라."

그게 더 문제였다.

"아니, 요즘 가뜩이나 오전에 쓸데없이 황궁을 방문하는 남자 귀족
이 얼마나 늘었는데요?"

그 말에 라파엘로의 표정이 미세하게 굳었다.

"뭐?"

"폐하께서도 아시겠지만, 카예나 양의 외모가 어디 그냥 예쁘다 할
수준입니까? 갑자기 황궁에 천사가 나타났다는 소문이 수도 전역에
퍼졌습니다."

"정신들이 나갔군."

그따위 이유로 감히 황궁을 드나들어? 라파엘로는 한심하기 짝이
없는 짓거리들에 언짢아졌다.

"목숨을 걸어도 될 정도로 아름다운 여인이라며 사교계에도 소문
이 자자합니다."

황제의 기색을 살피던 제레미가 은근슬쩍 물었다.

"역시 카예나 양을 다시 불러오는 게 좋겠지요?"

"그것과 이게 무슨 상관이지?"

제레미는 입을 다물었다.

'카예나 양에게 마음을 여신 것 같았는데 내 착각인가……?'

"쓸데없는 말은 관둬. 그보다, 에반스 후작가를 본격적으로 뒤져
봐야겠다."

"동부의 지주를요?"

제레미는 또 사람이 대거 죽어 나가게 생겼다고 여기며 착잡한 표
정을 지었다.

"그래. 샅샅이 뒤져라."

걸려드는 게 있다면 반드시 다 쓸어버릴 것이다. 라파엘로의 뇌리에는 제논 에반스가 미혼이라는 사실이 은근하게 깔려 있었다. 그건 그냥 일종의 정보일 뿐이야. 대지주의 비리에 관련해 정치적으로 염두에 두어야 할 정보일 뿐이라고. 라파엘로는 의식적으로 카예나와 제논을 엮지 않으려 했다.

"할 말 없으면 나가 봐."

"예에……."

라파엘로는 대수롭지 않게 시선을 내려 서류를 뚫어지게 노려보았다. 이상하게 글자가 눈에 들어오지 않았다. 미간은 저도 모르게 찌푸려졌고 손가락은 신경질적으로 테이블을 두드리고 있었다.

카예나가 신경 쓰였다. 신경 쓰여서 집무실에서 내보냈는데 눈에 보이지 않으니 더 신경 쓰였다.

'다른 조치가 필요하겠어.'

그는 당장 하인을 불렀다.

"공녀를 불러와라."

그리고 카예나가 나간 지 반나절도 흐르지 않아 다시 집무실에 들어섰다.

"부르셨습니까, 폐하?"

라파엘로는 창가에 서 있다가 카예나가 들어오자 근처로 오라며 손짓했다.

카예나가 의아한 표정으로 그에게 다가갔다. 라파엘로가 손가락으로 창밖의 어느 지점을 가리켰다. 그곳에는 커다란 나무가 있었다.

"내일부터 오전 10시에서 12시까지 저 나무를 돌보아라."

이게 무슨 말도 안 되는 엉뚱한 지령이지? 영 말도 안 되는 이상한 지시였지만 카예나는 별다른 의문을 표하지 않고 고개 숙였다.

"명을 받듭니다."

라파엘로는 근엄한 표정으로 고개를 끄덕였다. 누가 보면 상당히 중요한 임무를 내린 줄 착각할 만큼 엄중해 보이는 태도였다.

"나가 봐."

-＊◈＊-

그렇게 다음 날이 밝았다.

라파엘로는 이미 전날 아랫것들을 시켜 책상 위치를 창가로 바꾼 상태였다. 그가 고개를 돌리면 바로 나무가 보였다. 이러면 카예나가 임무에 소홀하거나 혹시라도 어떤 빌어먹을 놈이 접근하더라도 금방 알아차릴 수 있을 것이다.

'그러니까, 그 빌어먹을 놈이라는 건 적폐 세력 같은 거지.'

라파엘로는 말끔하게 생각 정리를 마쳤다. 제레미는 이 황당한 조치에 입을 떡 벌리며 난색을 표했다.

"폐하, 이게 무슨 이상한 명이십니까? 나무 같은 건 정원사가 돌봐야지요!"

"시끄럽구나."

라파엘로는 아닌 척 시선을 힐끔 돌려 창밖을 보았다. 카예나가 나무 앞에 멀뚱히 서서 고개를 갸웃거리는 게 보였다.

"……."

흠. 이제 좀 괜찮군. 오늘은 업무가 아주 잘될 것 같았다.

카예나는 앞으로 계속 자신이 돌봐야 하는 커다란 나무를 바라보며 생각했다.

"폐하의 명은 따라야 하는데."

하지만 그녀에게는 아주 중요한 임무가 있었다. 라파엘로와 우호 관계가 되어 그에게는 이복동생이며 제게는 동복동생인 레제프와 마찰이 일어나지 않게 하는 것!

'우리는 황위에 관심 없어요. 그러니 하하 호호 웃으며 서로 친하게 지내요.'

그런 메시지를 전달해 안전을 확보해야 했다.

'아직은 레제프가 이복동생인 줄 모르는 것 같은데…….'

원작에는 라파엘로가 정확히 언제쯤 부모 세대의 비화를 알게 되는지 나와 있지 않았다.

'만약 알았더라면 내게 뭐라도 티를 냈을 거야. 애초에 곁을 내주지도 않았겠지.'

그런데 요즘 그와 원만한 관계를 이루는 것 같다가 돌연 집무실에서 내쫓기고 말았다. 카예나는 이대로 물러날 수 없었다.

'낮에 만날 수 없다면 밤에 만나면 되지.'

라파엘로는 밤에 잠들지 못했다. 아예 침실에 잘 들어가지 않았다.

'선황제 때문에 침실에 있는 걸 싫어하니까.'

라파엘로는 '황제가 침실에 전혀 들어가지를 않더라.'라는 소문이 나지 않게끔 부러 새벽까지 일했다. 그러다 일거리가 없을 때만 침실로 들어가고는 했다.

카예나는 그 점을 노렸다.

'그 시간이면 황제의 침실 근처에 사람이 없으니까.'

순조롭게 밤이 깊고 새벽이 되어 갈 무렵, 라파엘로가 일을 끝내고 침실로 들어갔다.

카예나는 지근 시녀기에 그의 침실 근처의 숙소를 사용했다. 따라서 그가 침실에 들어갔는지 들어오지 않았는지 지켜보기에 유리했다.

그녀는 침실을 노크했다.

똑똑.

"폐하, 카예나입니다."

조금 기다리자 문이 열렸다. 라파엘로는 잠옷으로 갈아입던 중이었는지 상의를 다 여미지 못한 모습이었다.

"······이 시간에 무슨 일이지?"

그는 표정을 잃어버리는 저주에 걸렸나 싶을 정도로 항상 무표정했다.

그러나 카예나는 이제 저 무표정한 얼굴에서 그의 감정 변화를 읽어 낼 수 있게 되었다. 저건 골치 아프단 표정이었다.

그러거나 말거나 카예나에게는 미리 준비해 둔 훌륭한 핑곗거리가 있었다.

"지근 시녀로서 폐하의 잠자리를 살펴 드리러 왔습니다."

물론 그게 개수작임을 라파엘로가 눈치채지 못할 리 없었다. 그는 카예나가 제게 잘 보이려고 상당히 애쓴다는 사실을 알고 있었다. 다만 이렇게 야심한 시각에 성인 남자의 침실에 들어오는 건 좀 파격적이었다.

그는 한숨을 푹 내쉬었다.

"공녀는 사리에 밝은 사람인지 세상일을 전혀 모르는 사람인지 짐작할 수가 없군."

쉽게 말해서 제멋대로라는 뜻이었다.

'대체 나를 남자라고 생각은 하는 건지.'

그의 성별이 남성이 아니라 '황제'라고 여기는 건 아닐까 의심스러웠다.

카예나는 라파엘로가 잠깐 잡념에 사로잡혀 느슨해진 틈새를 놓치지 않고 냉큼 침실 안으로 들어갔다. 그녀는 우선 지극히 지금 시녀다운 일부터 처리하고자 라파엘로에게 바짝 붙어 섰다. 의복 정돈을 돕기 위해서였다.

"옷을 갈아입으실 거면 저를 불러 주셨으면 됐을 텐데요."

그녀가 단추에 손을 대자 라파엘로는 어물쩍 스스로 의복을 정돈하려던 것을 관두며 괜히 핀잔하듯 말했다.

"이 정도는 짐이 알아서 해."

"그래도 이런 건 폐하께서 하실 만한 일이 아니니까요."

카예나는 어린 시절로 회귀하며 레제프를 제 손으로 키워 냈다. 물론 유모의 도움이 있기는 했지만, 종종 그의 옷을 직접 입혀 주었다. 그래서 고귀한 신분임에도 남의 옷을 입혀 주는 게 그리 어색하지 않았다.

그녀가 제법 능숙하게 옷을 여며 주고 허리끈도 마저 둘러매 주자 라파엘로가 미간을 살짝 찌푸렸다. 왜 남자 옷을 입혀 주는 게 이렇게 자연스럽지? 그게 어쩐지 마음에 들지 않았다.

카예나는 그의 옷을 마저 다 입혀 주며 고개를 들어 올렸다.

"이건 제 할 일이잖습니까."

꼭 그녀가 라파엘로의 품에 안긴 듯한 모양새가 되었다. 서로의 몸이, 그리고 얼굴이 지나치게 가까웠다. 라파엘로는 그녀의 시선을 살짝 피하며 뒤로 떨어졌다.

"그리도 본분을 다하고 싶다면 그렇게 해라."

"네."

카예나는 그를 전혀 의식하지 않는 매끈한 표정으로 산뜻하게 대답할 뿐이었다.

막상 카예나가 그의 잠자리를 살필 건 없었다. 이미 다른 하인들이 침실을 말끔히 정돈해 둔 상태였기 때문이다.

'그래도 이렇게 들어왔는데 그냥 나갈 수는 없지.'

카예나는 괜히 이것저것 살펴보는 척하다가 저를 삐뚜름하게 바라보는 라파엘로를 돌아보았다.

"폐하, 밤잠을 설치시지요?"

"그런데?"

"손 마사지를 해 드릴 때는 곧잘 주무시는 것 같은데, 잠드실 때까지 해 드릴까 싶어서요."

라파엘로는 자신을 재우러 왔다는 말에 약간 어이가 없었으나 또 묘하게 설득되었다. 확실히 집무실에서는 편안하게 잠들 수 있었으니까.

'어쩌면 이곳에서도 그렇게 잠들 수 있을지도 모르지.'

"자, 어서 누우세요."

"……혹여 짐이 잠들면 바로 나가거라."

"알겠습니다."

그가 속는 셈 치고 얌전히 누워 손을 내밀자 카예나는 침대 아래에 주저앉아 손을 조물조물 만져 주었다.

침실은 최소한의 불빛만 밝혀 두었기에 카예나의 모습이 아주 뚜렷하게 보이지는 않았다. 그래도 제 손에 몹시도 열중하고 있는 건 느껴졌다. 그 모습이 어쩐지 귀엽다는 생각이 들었다.

'귀엽다고? 말도 안 돼.'

이리도 황당무계한 여자가 귀엽게 보일 리가 없지.

손을 꾹꾹 눌러 대는데도 고양이가 발바닥으로 누르는 것처럼 간지러운 지분거림도 귀엽지 않고, 집중하는 표정도 귀엽지 않다. 한 번씩 자신을 살피려고 고개를 들어 올렸다가 눈이 마주치면 눈을 반달 모양으로 접으며 미소 짓는 것도 전혀 귀엽지 않다.

라파엘로는 펼치고 있던 손바닥을 웅크려 카예나의 가느다란 손을 쥐었다. 병장기를 쥐어 온 손은 굳은살로 단단했다. 이런 거친 손을 그녀의 가느다란 손으로 힘주어 눌러 대기가 쉽지 않을 터였다.

'필시 힘이 꽤 들 테지.'

라파엘로가 카예나의 손을 주물러 주기 시작했다.

"폐하?"

예상치 못한 상황에 카예나가 당황했다.

"저는 괜찮습니다, 폐하. 어찌 폐하께서 제게……."

라파엘로는 아예 상체를 일으키더니 침대에 걸터앉았다. 바닥에 앉아 있던 카예나는 자연스레 그를 올려다보게 되었다. 뭔가 묘한 구도라는 생각이 들자 그녀는 저도 모르게 긴장으로 몸을 빳빳이 굳혔다.

라파엘로가 무심히 말했다.

"잡아먹을 생각은 없으니 긴장할 것 없다."

"……잡아먹는다니요."

카예나가 야릇한 상상을 떠올렸을 때, 라파엘로가 손을 계속 주물러 주며 말했다.

"세간에서 짐이 사람 잡아먹는 괴물이라고 하지 않더냐?"

음. 살색 가득한 의미의 말이 아니었구나. 카예나는 얼른 머릿속에 떠돌던 불경한 광경을 지워 내며 담담한 어투로 말했다.

"무도한 자들의 헛소리니 귀담아듣지 마십시오."

"그러나 피를 많이 보았지."

둘의 시선이 마주쳤다.

"짐이 살인귀임은 사실이다."

너는 내가 무섭지 않으냐? 두렵지 않으냐? 혹, 역겹지는 않으냐? 모두가 그러한데 너는 어떨까?

카예나가 잠시 눈을 깜빡이더니 그의 손을 다시 쥐고서 아예 제 목에 얹었다. 죽일 테면 죽여 보라는 듯이.

"그래서 저를 죽이실 겁니까?"

그럴 생각이라면 이대로 손에 힘을 주면 그만이다. 가늘고 연약한 그녀의 목은 라파엘로의 힘을 당해 내지 못할 테니까.

"……발칙하구나."

라파엘로는 표정을 구기며 손을 떨어트렸다. 그녀의 목을 쥐었다는 사실에 이상하게 심장이 서늘해졌다.

"짐을 겁박하는 시녀는 네가 처음이다."

"영광입니다."

라파엘로는 그 태연한 대꾸에 기가 막혀서 저도 모르게 카예나의 뺨을 꼬집었다.

"아야."

"아프지도 않게 쥐었다. 엄살 부리지 마라."

"폐하의 힘이 보통인가요? 제 뺨은 감당하지 못합니다."

그녀의 능청스러운 대꾸에 라파엘로가 고개를 절레절레 흔들었다.

정말 이 여자는 말로 당해 낼 수가 없었다.

"그래, 어디 멍이라도 들었는지 보자. 멍이 있다면 짐이 크게 보상해 주마."

라파엘로가 그녀의 양 뺨을 쥐자 길게 풀어 헤친 금빛 머리카락이 손가락 사이사이에 걸려들었다. 그 감촉이 지나치게 부드러웠다. 그가 뺨을 확인해 보려 상체를 숙이자 둘의 얼굴이 숨결이 닿을 만큼 가까워졌다.

"……."

"……."

카예나는 모르는 것이 없다고 소문날 정도로 해박했으나 지금은 뭘 해야 하는지 하나도 알 수 없었다. 그저 라파엘로의 붉은 눈동자에 사로잡힌 듯 그를 멍하니 바라보았다. 짙은 음영으로도 가려지지 않는 신의 총아처럼 완벽한 얼굴이 지금껏 보지 못한 기색을 띠고 있었다. 이건 무슨 표정일까? 그리고 자신은 무슨 표정을 하고 있을까?

그때 라파엘로의 얼굴이 갑자기 멀어졌다. 뺨을 부드럽게 쥐고 있던 커다란 손도 떨어졌다. ……이상하게 그게 아쉬웠다.

라파엘로는 괜히 카예나의 머리카락을 손가락에 걸며 뜬금없는 질문을 던졌다.

"왜 아직 약혼하지 않았지?"

그녀는 아름다웠고 심지어 공녀였다. 모두가 탐낼 신붓감이었다. 카예나만 원한다면 누구든 골라서 결혼할 수 있을 터였다.

"남동생을 키우느라 바빠서 그럴 시간이 없었습니다. 딱히 결혼에 관심 없기도 하고요."

라파엘로는 힐 공작가의 사정을 꽤 잘 알고 있었다.

그럴 수밖에.

'레제프가 내 이복동생이니.'

그는 이미 레제프가 선황제의 사생아라는 것을 알고 있었으나 말하지 않았다. 어차피 레제프가 황위 계승권자로 밝혀지지도 않았고 힐 공작가에서 수상한 움직임을 보이는 것도 아니기 때문이었다. 외려 카예나는 제게 잘 보이려고 이다지도 노력하고 있었다.

'그 이유가 동생 때문인가?'

그럼, 제게 잘 보일 이유가 없어져 버리면 카예나는 어떻게 할까?

사실 공녀라는 귀한 신분으로 지금 시녀나 하는 게 말이 되지 않았다. 남들에게는 정치적으로 힐 공작가를 압박하는 모양새로 보일 터였다. 그것도 아니면 괜히 공녀가 마음에 들어 곁에 두려는 개수작처럼 보이거나.

전자는 확실히 아니라고 말할 수 있었다. 후자는…….

"시간이 늦었으니 이만 가서 쉬도록."

알 수 없었다.

─❧❦❧─

카예나는 그 뒤로 라파엘로의 지시에 따라 오전에는 나무를 돌보았고 오후에는 다른 업무를 처리했다. 밤이 깊어지면 라파엘로가 침실에 들어오기를 기다렸다가 그의 잠자리를 살피고 나왔다.

카예나가 기다리고 있다는 걸 안 라파엘로는 점차 업무 시간을 고정하며 늦지 않게 침실에 들어가게 되었다. 그긴 둘 사이의 임묵직인 약속이었다. 카예나가 문을 두드리면 그가 열어 주었다. 따뜻한 차를 같이 마시거나 체스를 두기도 했다.

라파엘로는 침실 안의 풍경을 떠올리면 이제 부왕의 모습보다는 카예나가 보였다.

점차 그의 침실 곳곳에 그녀의 흔적이 생겨났다. 서로의 시간에 서로가 스몄다.

"요즘 좋아 보이십니다."

제레미가 싱글싱글 웃으며 하는 말에 라파엘로가 서류를 보던 시선을 들어 올렸다.

"무슨 뜻이지?"

"낯빛이 많이 좋아지셨습니다."

'숨 막히는 압박감을 느끼게 하던 분위기도 유해지셨고요.'

제레미는 뒷말은 마음속으로만 떠올렸다.

제레미만 그렇게 느끼는 게 아니었다. 요즘 귀족들 사이에서도 황제의 손속에 자비가 생긴 것 같다는 쑥덕거림이 돌았다.

"실없는 소리군."

라파엘로는 대수롭지 않게 여기며 다시 서류를 보려다가 문득 창밖을 보았다.

제레미는 손에 든 문서를 테이블 위에 놓으며 말했다.

"지시하셨던 고위 귀족과 대형 상단의 비리 수사에 대한 내용입니다."

제레미는 보고를 올리며 오랜만에 또 여러 명의 목이 달아나겠다는 생각에 착잡해졌다. 지금껏 여론을 우호적으로 돌리느라 애썼는데 보람이 한 번에 박살 날 터였다.

그때 라파엘로가 벌떡 일어났다. 그의 시선은 창밖에 고정되어 있었다.

"그 건은 네가 알아서 처리해라."

"예? 하오나······."

지금 정경 유착이고 뭐고가 중요한 게 아니었다. 라파엘로가 눈을 번득이며 그에게 명했다.

"알아서 처리하라 하였다. 황명이다."

"······예, 알겠습니다."

라파엘로는 그의 말을 듣지도 않고 집무실에서 쌩하니 나가 버렸다.

"폐하께서 갑자기 왜 저러시지······?"

그는 의아했으나 곧 콧노래를 부르며 서류를 챙겼다. 뭐가 됐든 좋은 일이었다.

"돌아와서 말씀을 바꾸시기 전에 얼른 다 처리해 두어야지."

─❋─

라파엘로는 욕지거리를 내뱉으며 성큼성큼 걷다가 이내 달리기 시작했다.

"젠장, 나무에는 대체 왜 올라간 거야?"

그는 평소처럼 자연스레 창 너머를 바라보다가 카예나가 위험하게 나무에 매달려 있는 것을 발견했다. 그 모습을 발견한 순간 귀족과 상단 간의 유착이고 뭐고 아무것도 들리지 않았다. 당장 위험한 줄도 모르고 이상한 기행을 벌이는 카예나를 구하러 가야 한다는 생각뿐이었다.

"공녀!"

그는 사다리에 아슬아슬하게 매달려 팔을 달달 떠는 카예나를 외쳐 불렀다. 그녀는 둥지에서 빠져나온 새끼 새를 다시 담아 주고 있었다.

"어, 폐하? 정무를 보실 시간이실 텐데 어찌 오셨습니까?"

그녀는 위험한 짓을 벌이면서도 외려 지켜보는 라파엘로보다 더 태연한 얼굴이었다.

"대체 왜 그런 위험한……!"

"엇!"

그때 카예나의 몸이 기우뚱 기울었다. 라파엘로를 바라보다가 중심을 잃은 것이다.

"꺅!"

카예나는 눈을 질끈 감았다. 아프겠지? 많이 다치지만 않으면 되는데…….

만일 레제프가 들었다면 그대로 뒷목 잡을 생각이었다.

"……."

그런데 아프지 않았다. 무언가가 저를 받쳐 안은 것이다.

'뭐지?'

카예나는 질끈 감고 있던 눈을 살며시 떴다. 그러자 코앞에 황제의 지나치게 잘생긴 얼굴이 떡하니 있어 잠깐 숨을 멈춰야 했다. 라파엘로가 자신을 보호해 준 것이다.

'왜? ……어째서?'

요즘 좀 더 친해진 것 같다는 느낌이 들기는 했다. 그래도 일개 공녀인 저를 이렇게 살뜰히 신경 써 줄 정도였나? 이 관계가 아주 일방적인 건 아니었나……?

기분이 묘해졌다. 어쩐지 그의 시선을 피할 수가 없어 입술을 딱 닫은 채 멍하니 바라보았다.

심장은 왜 이렇게 뛰는 걸까?

다칠 뻔해서 놀란 것일까?

그때 라파엘로가 한숨처럼 카예나를 꾸짖었다.

"너는 갖가지 방법으로 짐을 정신없게 만드는구나."

그 말에 정신이 번쩍 들었다.

"아니, 이건……."

카예나는 자신이 문제라도 된 듯한 취급을 받자 황당해졌다. 그녀는 새끼 새가 불쌍하다는 감상적인 이유로 이런 위험한 행동을 한게 아니었다.

"하지만 새가 둥지를 벗어나면 죽잖아요. 가뜩이나 헛말하는 자들이 뭐라도 꼬투리 잡으려고 혈안인데, 이걸 보고 불길한 징조라고 할게 뻔하잖습니까."

"그래서 충심으로 한 일이니 널 꾸짖은 짐이 너무했다는 것이냐?"

카예나는 꼭 굳이 그렇게 대놓고 한 말은 아닌데, 하는 표정으로 눈동자를 데구르르 굴렸다. 라파엘로는 기가 막혔다.

"그럼 굳이 네가 하지 않아도 됐을 일이 아니더냐?"

카예나도 이왕이면 나무를 잘 탈 만한 사람에게 부탁하고 싶었다.

"아무도 도와주는 사람이 없어서요. 시종장님은 바쁘시고 바스턴경은 폐하를 호위해야 하고……."

그때 라파엘로가 미간을 확 찌푸렸다.

"왜 공녀를 도와주는 사람이 없지?"

"아……."

카예나는 난감하게 웃었다.

'내가 끈 떨어진 연 신세인 줄 아는 궁정인들이 텃세를 부리고 있다

고 어떻게 말해?'

"글쎄요……? 제가 성격이 별로라서 그런가 봐요."

완전히 틀린 말은 아닌 게, 어쨌든 과거에는 정말 그랬다.

라파엘로는 카예나가 일부러 말도 안 되는 소리로 논점을 흐리려는 것을 알았다. 그 때문에 카예나를 도와주는 사람이 없는 이유를 정확히는 아니어도 대략은 알아챌 수 있었다.

'나 때문이로군.'

라파엘로는 굳이 이 자리에서 바른 대로 말하라고 추궁하지 않았다. 그러기에는 카예나가 손을 다쳐 있었다. 그는 카예나를 안아 든 채 성큼성큼 걸었다.

"저, 이제 내려 주셔도 되는데요, 폐하……."

시선들이 따갑습니다…….

"환자에게 그럴 수 없다."

라파엘로는 지나가던 시종을 불러 명했다.

"집무실로 의원을 불러와라."

"예, 예! 명을 받듭니다!"

시종은 놀란 눈으로 연신 카예나를 힐끔거리며 부리나케 의원을 찾아갔다.

카예나는 자포자기했다.

'차라리 잘됐어. 황제에게 냉대받는다고 소문이 돌아서 다들 내 말에 비협조적이었는데 이러면 내가 그의 정부라도 되었다고 착각하겠지.'

그러면 앞으로의 일이 수월해질 것이다. 썩 나쁘지 않은 오해였다.

'대신 유력 귀족들이 날 더 귀찮게 하겠지만.'

라파엘로는 카예나를 집무실에 앉히고 약품을 챙겨 왔다. 그는 불

온한 소문을 막느라 위험을 무릅쓴 카예나를 위해 직접 상처를 돌봐
주기 시작했다. 남들이 본다면 황제가 시녀를 직접 치료한다며 까무
러칠 일이었다. 카예나도 그가 이렇게까지 해 줄 줄은 몰랐기에 잠깐
놀랐으나 이내 대수롭지 않게 여겼다.

'그가 진짜 살육에 미친 폭군도 아니니까.'

그저, 트라우마가 너무나도 많은 가엾은 남자였다.

"능숙하시네요."

그 말에 라파엘로가 상처를 응시하며 무심히 대꾸했다.

"전장에서는 다치는 게 일이었으니까."

또한 어지간히 큰 상처가 아니면 남에게 제 몸을 만지게 하기 싫었
다. 생각만 해도 구역질이 나는 일이었다.

멈칫.

'……근데 왜 이 여자는 괜찮지?'

그는 상대를 막론하고 사람이면 무조건 역겨웠다. 한데 카예나는
그렇지 않았다. 지금까지 그 사실에 대해 유심히 생각한 적이 없을 정
도로 자연스럽게 서로 지분거리기까지 하지 않았던가?

그가 잠깐 혼란스러워졌을 때, 카예나가 불쑥 말했다.

"폐하께서 다치시면 제가 치료해 드릴게요."

그는 애써 이상한 잡념을 털어 내며 툭 쏘아붙이듯 말했다.

"……의원을 불러오는 게 네 임무겠지."

"아. 그건 그러네요. 그럼 빠르게 달려서 의원을 불러올게요."

라파엘로는 하도 어이가 없어 피식 웃어 버렸다.

"어? 방금 웃으셨어요, 폐하."

"……짐이?"

카예나가 열심히 고개를 끄덕였다. 라파엘로의 표정이 이상하게 변했다.

"잘못 본 것이겠지."

그 말에 카예나가 눈을 가늘게 떴다.

"흐음. 네, 황명으로 받들겠습니다."

황제의 명령이라 강제로 수긍하겠다는 말이었다.

"공녀는…… 됐다. 말을 말지."

때마침 의원이 도착해 치료를 마무리했다.

"오늘은 쉬어라. 그리고 나무 돌보는 건 이제 끝이다."

"그럼 이제 폐하의 곁에 있어도 되나요?"

라파엘로는 순간 말문이 막혔다가 느릿하게 입을 열었다.

"그래. 곁에 있어도 된다."

집무실에서 일하라는 뜻으로 한 말이었는데 심장이 찌르르 울렸다. 그는 자신이 미쳐 간다고 생각했다. 그게 틀림없었다.

─❈─

카예나가 황제의 품에 안겨 궁 안을 돌아다녔다는 이야기가 파다하게 퍼져 나갔다. 게다가 집무실에 다시 꼬박꼬박 드나들기까지 하니, 사람들은 부리나케 태도를 바꿨다. 누가 보면 그녀가 지금 시녀가 아니라 황후 폐하인 줄 알 터였다.

"누님!"

그 황당무계한 소문을 들은 레제프가 곧바로 황궁을 찾아왔다.

"사교계에 무슨 소문이 떠도는지 아십니까? 예? 대체 황제와 무슨……!"

"황제 폐하라고 해야지, 레제프."

"어쨌든요. 왜 그런 이상한 소문이 난 건데요? 이제 집으로 가요. 누님이 왜 지근 시녀 같은 걸 하십니까?"

"다 큰 뜻이 있어서 그런 것이니 보채지 마."

그 말에 레제프의 눈이 가늘어졌다.

"……그 소문이 사실입니까?"

"무슨 소문?"

"누님이 황후 자리를 노리고 지근 시녀가 되었다는 소문이 돌고 있는데……"

카예나는 기가 막혀 그의 말을 가로막았다.

"그게 무슨 말도 안 되는 소리야? 폐하께서 우리 가문을 잘 봐주시면 너도 좋고 나도 좋은 일이니 그런 거지."

"그 잘 봐주신다는 게 그러니까 아내로……"

"아니야!"

카예나가 펄쩍 뛰며 부정했지만 레제프의 표정이 우울해졌다.

"그럼 얼굴은 왜 그렇게 빨개집니까?"

"……응?"

카예나는 저도 모르게 얼굴을 가리려는 것처럼 감싸 쥐었다.

"네, 네가 이상한 소리를 하니까 그런 거지, 레제프. 어서 집에나 가렴. 궁에 들어온 사람이 가문 사람과 오래 접촉하면 괜한 말이 떠도니까."

"벌써 평판 관리를……"

"아니라고 했지!"

카예나는 레제프를 얼른 내쫓고 나서 달아오른 뺨을 식히며 집무실로 향했다.

'하여간 다들 말하기 좋아하니 별 소문이 다 도는구나.'

똑똑.

"폐하, 카예나입니다."

"……."

"폐하?"

"……."

안에서 들어오라는 소리가 들리지 않자 의아해진 카예나가 밖에서 대기 중인 하인에게 물었다.

"폐하께서 안에 계시지 않은가?"

"밖으로 나오신 적은 없습니다만……."

하인도 어리둥절한 표정이었다. 카예나가 이상함을 느끼고 허락이 떨어지지 않았음에도 안으로 들어갔다. 라파엘로가 테이블에 엎드려 있었다.

그는 졸리면 소파로 가서 잠들지 저렇게 테이블에 엎드릴 사람이 아니었다. 카예나는 얼른 그에게 다가가 상태를 살펴보았다. 아니나 다를까, 열이 나고 있었다.

"의원을 불러와라!"

라파엘로는 침실로 옮겨졌다.

의원은 오랜 피로가 한꺼번에 밀려와 고열이 난 것이라 했다. 카예나는 그가 평소와 다른 점이 없어 아픈 줄 미처 눈치채지 못했다.

'이래 놓고 내가 무슨 지근 시녀야!'

카예나는 좀처럼 표정을 풀지 못하고 자책했다.

제레미가 말했다.

"아마 긴장이 풀려서 그러신 듯합니다."

"네?"

"폐하께서는 아주 어릴 때부터 한순간도 편하게 계신 적이 없는 분이십니다. 일국의 황제가 될 분이시기도 했고, 아무래도 가정사가 복잡했으니까요."

"……."

"늘 무표정으로 가장하고 계시지만, 폐하께는 모든 게 버겁게 느껴지셨을 겁니다. 사람이 근처에 있기만 해도 역겨움을 느끼시니까요."

그 말에 카예나가 깜짝 놀랐다. 자신은 그런 줄도 모르고 라파엘로를 그간 얼마나 주물럭거렸는가?

"하지만 카예나 양과 함께 계시면 다 괜찮으신 것 같더군요. 심지어 접촉에도 아무런 불편을 표현하시지 않았고요."

"……."

"폐하를 도와 달라고 부탁드렸을 때는 사실 반신반의했습니다. 한데 공녀께서 정말로 큰 도움을 주셨습니다."

제레미가 허리를 깊이 숙였다.

"황실의 은인이십니다. 감사합니다."

카예나는 그를 도와주러 온 게 아니었다. 자신이 살려고 접근한 것이었다. 그의 호의를 이용해서 안전해지려고, 그래서 다시 가문으로 돌아가 죽을 때까지 조용히 유유자적하게 살려고.

그가 말하는 것처럼 대단한 일을 한 기억이 없었다. 카예나는 부담스러워졌다.

"……별말씀을요. 지근 시녀로서 할 일을 했을 뿐이에요. 시종장님, 일이 많으실 텐데 나가 보셔도 돼요. 제가 폐하를 모시겠습니다."

다행히도 해열제 덕에 라파엘로의 열도 거의 다 떨어졌고 그가 깨어날 때까지 곁을 지킬 사람만 남으면 되었다.

카예나는 자신이 그 일을 도맡겠다고 하고 제레미를 내보냈다.

툭. 그녀는 침대맡에 놓은 의자에 앉아 잠든 라파엘로를 가만히 바라보았다.

'결벽증이 있는 건 알았지만 그게 그 정도로 심한 건 줄 몰랐어.'

그런 사람이 왜 제게는 괜찮았을까? 혹시 자신이 회귀자라 뭔가 특수한 케이스였던 걸까?

'어차피 이 남자는 다른 사람과 계약 결혼을 하게 될 텐데.'

카예나는 깜짝 놀랐다. 방금 내가 무슨 생각을 한 거지?

'나도 모르게 이 사람과 이어질 때를 생각해 버렸어.'

라파엘로는 잘생겼다. 목소리도 대단히 매력적이다. 성격이 좀 무뚝뚝하고 까칠했지만, 자기 사람에게는 묘하게 물러서 귀여운 구석이 있었다.

카예나는 이 남자를 보면 누구든 심장이 두근거릴 거라고 장담했다. 그러니 자신이 이런 반응을 보이는 것도 당연했다.

"조금만 덜 잘생기셔도 됐을 텐데요, 폐하."

카예나는 그의 머리카락을 살살 쓸어 넘겨 주었다. 반듯한 이마와 예쁜 눈썹이 드러나자 더욱 매혹적인 분위기가 풍겼다.

"제게 조금만 덜 잘해 주셔도 됐을 거고요."

카예나는 한숨처럼 말하며 침대에 엎드려 그를 바라보았다.

"아프지 마세요."

아까는 정말 손이 차갑게 식을 정도로 놀랐다. 카예나는 한바탕 난리를 겪고 났더니 졸음이 몰려오는 것을 느꼈다.

'안 돼, 정신 차려야지.'

결심이 무색하게도 그녀는 침대에 엎드린 채 까무룩 잠들고 말았다.

"······."

라파엘로는 감고 있던 눈을 스르륵 떴다. 고개를 살짝 돌리니 침대
맡에 팔을 베고 엎드려 잠든 카예나가 보였다. 그는 사실 아까 제레미
가 말을 할 때부터 모두 듣고 있었다.

'제레미는 이미 내 상태를 눈치채고 있었군.'

그는 조심스럽게 손을 뻗어 카예나의 뺨을 콕 찔러 보았다.

"왜 너에게서는 좋은 냄새가 나는 것이냐?"

잠든 카예나는 대답할 수 없었다. 라파엘로도 굳이 대답을 바라고
물은 것은 아니었다. 대답 같은 건 애초에 중요하지 않았다.

"왜 너만 특별한 것이냐?"

왜 그리 특별해서 자꾸 너만 보게 하는 것이냐?

역시 네가 지나치게 어여뻐서일까?

다른 사내들이 평소에는 그리 벌벌 떨며 발길도 하지 않던 황궁을
들락거리게 할 정도로 대단한 미인이라 그런 것이냐?

'하지만 그들은 네가 이렇게 귀여운 줄은 모를 텐데.'

제게 따박따박 말대꾸하는 모습이 얼마나 사랑스러운지도 모를 것
이고, 핀잔을 멋대로 칭찬으로 해석하며 능청을 떠는 모습은 얼마나
품에 꼭 안아 주고 싶은지도 모를 것인데.

그는 그랬다. 그녀가 그렇게 보였다. 특별하게 어여쁘고 귀엽고 사랑
스러워서 품에 꼭 안고 싶었다. 계속 곁에 두고 싶었다. 시야를 벗어나
면 신경 쓰였고 자꾸만 생각났다. 곁에 두면 자꾸만 바라보게 되었다.

라파엘로는 곤히 잠든 카예나가 깨지 않게 조심히 안아 들어 침대에 눕혔다. 그의 옆자리에 눕힌 것이다.

타인의 온기가 바로 옆에서 느껴지는 게 역겹지 않았다. 집무실에서 낮잠을 잘 때도 그랬다. 품을 파고드는 카예나가 귀엽다는 생각만 들었을 뿐, 싫다는 생각은 조금도 들지 않았다.

그때도 귀여워 보일 정도였으니 지금은 어떻겠는가?

'예뻐서 미칠 지경이군.'

사랑은 인정하기까지가 어려울 뿐, 한번 인정하고 나니 깊어지는 건 순식간이었다. 라파엘로는 가볍게 한숨짓더니 카예나를 품에 깊이 안으며 숨소리만큼이나 작은 목소리로 웅얼거렸다.

"그만 예쁘거라. 황명이다."

그게 안 된다면 내게만 예쁘거라. ……부탁이다.

─※◎‍§─

짹짹, 새가 지저귀는 소리가 아득하게 들려왔다.

"……."

카예나는 숨을 멈추고서 생각에 잠겼다.

일단, 왜 개운한 것인가? 꼭 푹 잠들었다가 일어난 사람 같지 않은가?

그리고 왜 꼭 분위기는 아침인 것 같은가? 들어오는 햇살의 질감, 새의 지저귐이 너무나도 아침의 그것이 아닌가?

마지막으로, 왜 내 눈앞의 풍경이 온통 살색인가?

'잤네.'

안 잘 거라고 그렇게 정신 똑바로 차리려고 마음먹어 놓고서 또 잠든 거야.

그녀의 떨리는 두 눈이 천천히 위를 향했다. 강인한 턱선과 굳게 다문 입술이 먼저 보였다. 매끄러운 콧날, 깊은 음영을 만들어 내는 검고 긴 속눈썹, 흐트러진 앞머리 사이로 보이는, 여전히 예쁜 눈썹. 라파엘로가 저를 품에 끌어안은 채 잠들어 있었다.

"……흡."

카예나는 당혹스러움에 딸꾹질이라도 나올 것 같았다.

'미쳤어. 왜 또 폐하의 품에 안겨서 잠든 거야? 설마, 내가 모르던 잠버릇이 있었나?'

잠결에 누군가의 품에 안기는 그런 말도 안 되는 잠버릇이라도 생긴 걸까? 카예나는 얼굴이 빨갛게 익은 채 숨을 골랐다.

바위처럼 단단한 상반신을 감싼 제 손과 팔에서 느껴지는 열기가 너무 뜨거웠다. 그래서 온몸이 화끈하게 달아오른 것이리라.

카예나는 저도 모르게 자꾸 두 눈이 음탕하게 그의 몸을 훑어보려는 것을 막으려 했으나 그건 상당히 어려운 일이었다. 태어나서 지금까지, 3번의 인생을 살도록 이렇게 완벽한 몸은 본 적 없었다. 자잘한 상처들마저 야성적인 매력을 도드라지게 하는 이런 육신은…….

"짐의 몸에 관심이 있나?"

"……!"

카예나는 하마터면 혀를 깨물 뻔했다.

"폐, 폐, 폐하?"

심지어 바보처럼 말을 더듬기까지 했다. 누가 보아도 죄를 저질러 제 발 저리는 목소리로.

번쩍 고개를 들어 올리자 묘한 웃음기가 묻어나는 붉은 눈동자가 그녀를 내려다보고 있었다.

"잠은 잘 잤느냐?"

"……."

입이 열 개라도 할 말이 없었다. '예, 꿈도 꾸지 않고 푹 잤습니다.' 라고 말할 수는 없지 않은가?

카예나가 기어들어 가는 목소리로 죽을죄를 지었다고 말하자 라파엘로가 피식 웃었다.

"짐의 침대를 공유한 것이 죽을죄는 아니지만, 당혹스럽기는 하구나. 심지어 이번이 처음도 아니니."

지난번, 소파에서 같이 잠들었던 일을 꼬집자 카예나는 더더욱 할 말이 없어졌다. 라파엘로를 아군으로 회유하려고 입궁한 것인데 어쩌다 보니 그를 유혹하려 작정한 사람처럼 되지 않았는가?

"……면목이 없습니다."

카예나는 슬금슬금 몸을 일으키려 했으나 꿈쩍도 할 수 없었다. 라파엘로가 여전히 저를 안고 있는 탓이었다.

"폐하, 저 일어나려고 하는데 팔을 좀……."

꽈악―

그가 일어나려는 카예나를 품에 단단히 가두고 무심한 어조로 툭 말했다.

"지금 나가면 다들 오해할 텐데?"

날이 밝아 궁정인들이 활발하게 활동하는 시간이었다. 곧 황제의 의복과 세숫물을 든 제레미와 시종들이 들이닥칠 터라 난감하기 짝이 없었다.

"그럼 제가 일찍이 폐하를 보필하러 와 있었다고 하면……."

"지금 네 꼴을 하고?"

그 말에 카예나가 제 모습을 확인해 보았다. 머리칼은 다 풀어 헤쳐 놓은 상태고 옷도 얇은 잠옷만 입고 있었다.

"……?"

'내 드레스가 어디 갔지?'

잠결에 드레스를 갈아입었다는 건 말이 되지 않았다. 그럼 누가 벗겼단 말인데…….

'대체 누가?'

카예나의 당황한 시선이 라파엘로에게 가 닿았다. 라파엘로는 의뭉스러운 표정으로 카예나의 뒤통수를 당겨 품에 집어넣으며 말했다.

"잠시만 이렇게 있어라. 네가 안고 있기 적당하여 편하구나."

이렇게 어물쩍 넘어갈 일이 아니었다.

"폐하, 제 옷이 갈아입혀져 있는 것 같은데 어찌 된 일인가요?"

카예나가 웅얼거리며 입술이 그의 살갗에 스치는 통에 라파엘로는 곤란한 기분을 느끼며 그녀를 더욱 꽉 안았다.

"모른다."

"그게 무슨 말도 안 되는 말씀이신가요……?"

"짐을 추궁하려 드는가?"

신분이 깡패였기에 카예나는 입을 다물었다.

"아픈 짐을 두고 쿨쿨 잘만 자더구나. 옷이 갑갑한지 칭얼거리기에 베라에게 네 옷을 갈아입히라고 했다."

앗, 괜히 물어봤다.

카예나는 울상을 짓다가 또 의문이 들었다.

"네? 그럼 어제 제가 자는 걸 보셨다는 말씀이세요?"

근데 왜 깨우지 않고 심지어 한 침대에서 잠들었단 말인가?

"말이 헛 나왔다."

"일부러 저를 여기서 재우신 건가요?"

"……."

라파엘로의 얼굴은 물론, 목덜미와 가슴께까지 불긋해졌다.

그것으로 답이 되었다.

두근. 두근.

심장이 입 밖으로 튀어나올 것처럼 뛰었다. 이 상황을 어떻게 해석하면 좋을까? 카예나는 어쩔 줄 모르는 기분으로 눈을 깜빡이다가 입술을 달싹이다가 하며 꼼지락거렸다.

"……하."

라파엘로는 품에 안긴 채 자꾸 꼼지락거리는 카예나 때문에 미칠 지경이 되었다.

"짐을 유혹하려는 게 아니라면 조금 얌전히 있으면 좋겠는데."

"네?"

카예나가 의아하게 고개를 들어 올렸다. 라파엘로는 그대로 입술을 꾹 눌러 입 맞추고 싶다고 생각했지만 실행에 옮기지는 않았다. 괜히 갈증만 깊어졌다.

그는 이걸 어쩌면 좋을까, 하는 표정으로 카예나의 뺨을 엄지로 쓸었다. 손가락에 닿는 보드라운 감촉이 사랑스러웠다. 그는 입 맞추는 대신, 손가락을 꾹 눌렀다. 입술 대신 손가락으로 그녀의 뺨에 키스하는 것처럼.

꼭 연인 사이의 달콤한 한때처럼 그의 행동이 너무 달았다. 카예나는 이상한 기분에 시선을 어쩌지 못하다가 넌지시 물었다.

"……몸은 괜찮으신가요?"

"멀쩡해."

카예나는 꼬물거리며 간신히 팔을 하나 빼더니 그의 이마를 짚어 보았다. 열은 없었다.

"다행이네요."

라파엘로는 제 이마에 댄 그녀의 손을 붙잡아 입술 근처까지 끌어 내렸다. 이 여자는 정말 저를 애태우려 작정한 걸까? 이대로 그녀의 전신을 잘근잘근 씹어 입안 가득 단맛을 느끼고 싶었다.

하나 카예나에게서는 묘한 벽이 느껴졌다. 이 벽을 허물기 전까지 는 그럴 수 없었다. 라파엘로는 불쑥 치솟는 괘씸함에 그녀의 손을 콱 물었다.

"읏."

카예나가 움찔하며 손을 움츠리자 그가 또 이를 세우며 손가락을 깨물었다.

"아픕니다."

그녀는 저도 모르게 그의 입을 틀어막았다. 라파엘로는 그대로 가 만히 있었다. 열기가 깔린 시선이 가만히 카예나를 응시했다. 카예나 에게는 입막음이겠지만, 그에게는 입맞춤이었다.

그 열기가 점차 카예나에게도 번져 들어가며 묘한 분위기가 형성되 었을 때였다.

똑똑.

"폐하, 제레미입니다."

제레미가 산통을 다 깨부숴 주었다. 카예나는 화들짝 놀라 얼른 일 어나려고 했다. 그러나 라파엘로의 팔이 꿈쩍도 하지 않아 일어날 수가 없었다.

"폐하……!"

"얌전히 있거라."

라파엘로는 이불을 끌어 카예나가 보이지 않게 완전히 덮어 버리고는 말했다.

"들어와라."

카예나는 그의 품에서 몸을 한껏 웅크렸다. 그 꼬물거리는 움직임에 라파엘로가 작게 웃었다.

달칵.

제레미는 침실에 들어왔다가 의아해졌다.

'폐하께서 이 시간까지 침대에서 나오시지 않은 적이 없는데?'

원래라면 벌써 일어나서 채비까지 끝냈을 사람이었다.

"혹여 아직 몸이 좋지 않으십니까? 어제는 멀쩡히 정무도 다시 보시고 식사도 다 하시더니……."

저벅, 저벅. 제레미가 다가오는 듯한 발소리가 들리자 카예나는 저도 모르게 라파엘로의 상반신을 붙들고 있던 손에 힘을 주었다.

움찔! 라파엘로는 미간을 살짝 찡그리더니 제레미에게 말했다.

"그런 건 아니다. 오늘은 좀 쉴까 해서. 조례도 하지 않을 것이니 그리 전하거라."

제레미는 조례가 없단 말에 경악한 표정을 짓더니 라파엘로가 말을 바꾸기 전에 얼른 입을 열었다.

"예, 예. 알겠습니다. 그럼 쉬십시오."

얼른 귀족들에게 이 희소식을 널리 널리 알려야지!

조례 때마다 또 누구의 목이 떨어질까 조마조마해하는 것도 상당히 큰 스트레스였다. 심지어 라파엘로는 즉위한 이후 조례를 거르지도 않았다. 그야말로 살얼음판의 연속이었다.

'다들 숨통이 좀 트이겠구나.'

요즘 라파엘로가 유해졌다는 소문에 오늘의 일이 더해지면 더욱 긍정적인 효과를 일으킬 터였다. 제레미는 싱글벙글 웃으며 침실을 나갔다.

탁. 문이 닫혔다.

카예나가 열심히 꼬물거리더니 간신히 이불 밖으로 고개를 빼꼼히 내밀었다.

"매일 조례를 거르지 않으셨는데 괜찮으십니까?"

라파엘로는 잠시 아무런 대답도 하지 못하고 카예나를 가만히 바라보았다.

'……미치겠군.'

하얀 이불에 둘둘 감겨 있는 모습이 평소의 카예나 답지 않게 허술해 보였다.

그는 허를 푹 찔린 기분이 들었다. 미처 마음의 준비도 하지 못했는데 평소보다 더 귀여워 보이면 어쩌자는 건가?

심지어 지금 그는 상의를 입지 않은 맨몸이었고, 카예나는 겉옷을 벗겨 놓아 얇은 내의만 입은 상태였다.

"바보 같아 보이는구나."

"……네에?"

카예나의 고운 미간이 조그맣게 일그러졌다. 그의 말에 납득할 수 없다는 듯 평소와 달리 단정치 않게 말끝도 늘렸다.

성질부릴 때조차노 귀엽다니.

'내가 이 여자에게 홀려도 단단히 홀린 모양이군.'

이대로라면 더는 참을 수 없을 것 같았다. 그는 카예나를 꽉 안고 있던 팔을 풀어내며 몸을 일으켰다.

"이제 아무도 없을 것이다."

카예나는 그가 갑자기 저를 놓아주며 거리를 벌리자 어쩐지 기분이 묘해졌다. 그냥 얼떨떨한 것과는 다른, 알 수 없는 복잡 미묘한 기분이었다.

"그럼 물러나 보겠습니다."

"그래."

그녀는 침실을 나와 자신이 쓰는 방으로 들어갔다. 그녀를 보필하는 시중 하녀인 애니가 다가왔다.

"몸단장을 도와 드릴까요?"

"응. 부탁할게."

방금까지의 꿈같은 상황과 별개로 카예나는 그의 지근 시녀로서 일을 수행해야 했다.

'그러니 정신 차려야지.'

들뜬 마음을 가라앉히고 이성적으로 생각해야지. 괜히 그가 제게 마음이 있는 건 아닌가 착각하지 말고. 카예나는 순간 혀를 깨물었다.

'미쳤어. 지금 내가 무슨 생각을 한 거지? 그의 마음?'

드레스를 정돈하던 애니가 그녀의 얼굴을 보고는 의아하게 물었다.

"카예나 님? 어디 편찮으신가요?"

"아무것도 아냐. 괜찮아."

카예나는 심각한 표정으로 가슴께에 손을 올렸다. 평소보다 심장이 빨리 뛰고 있었다. 분명, 사랑이 시작되었다는 신호였다.

당혹스러웠다. 이건 예정에 없었던 일이었다. 자신과 라파엘로는 섞일 수 없는 관계였다.

혹여 그와 가까워졌다가 레제프가 황실의 핏줄임을 들키면?

'황제가 선황을 증오하는 건 보통 수준의 감정이 아니야.'

그의 피가 흐르는 자신조차 용서하지 못하는 사람이라고 소설에 나와 있었다. 선황의 피가 절반 흐르는 레제프의 존재를 알게 되면 그역시 끔찍하게 여기지 않을까?

'삭이자.'

카예나는 제 마음을 다독였다. 조용히, 내 사랑을 죽이자. 그것만이 최선이었다.

─*─

카예나가 자신의 마음을 자각하며 감정을 죽이고자 결심하기가 무섭게 라파엘로의 태도가 돌변했다.

그러니까 그가 평소 쓸데없는 잡무까지 박박 긁어 와서 해 대던 걸하지 않게 되었다는 뜻이다.

대신 그는 다른 활동을 했다.

"산책할 것이다."

라파엘로는 일 대신 그녀를 데리고 거들떠보지도 않던 후원을 거닐었다. 누구의 시선도 따라붙지 않는 고요한 산책로에 들어서면 그녀의 손을 잡기까지 했다.

"짐이 황제라고는 하나 레이디를 에스코트할 기사도를 저버려서는 안 되니까."

……라는 이유를 굳이 붙였다.

"저는 한낱 시녀입니다, 폐하."

카예나가 거절하면 라파엘로는 손바닥을 펼친 채 말했다.

"고작 에스코트에 큰 의미를 두는 것이냐?"

"……그런 것은 아니지만."

"그러면 짐의 호의를 받아 주면 좋겠구나."

황제가 그렇게까지 말하는데 여기서 더 사양하는 건 말도 안 되는 짓이었다. 카예나는 자신이 너무 들뜨지 않기를 바라며 그의 손을 잡았다.

경계심 가득한 손이 깃털처럼 가벼워 금방 혹 떠나가 버릴 듯했다. 라파엘로는 지금껏 제 곁에 어떻게든 붙어 있으려던 카예나가 며칠 전부터 갑자기 거리를 두자 애가 달아 견딜 수 없었다.

라파엘로는 종이 위에 문진을 올려 두는 것처럼 살포시 그녀의 손가락을 하나하나 깊이 얽어 깍지를 꼈다. 그 조심스러운 행동에서 간절한 마음이 담뿍 묻어났다.

'나를 좋아하라고 하지 않을 것이다. 이대로 계속 곁에만 있어도 좋으니까, 피하지만 마라.'

그것으로 자신은 참을 수 있고 기다릴 수 있다.

라파엘로의 조심스러운 시선이 카예나의 얼굴을 훑고 또 훑었다. 그녀에게 불쾌한 기색이 있다면 손을 놓을 생각이었다.

"불편한 것은 없느냐?"

"네, 괜찮습니다."

카예나는 애써 목소리가 떨려 나오지 않도록 차분함을 가장했다. 라파엘로는 조금 시무룩하게 화원을 거닐었다. 팔짱 끼는 자세로 손을 잡고 있다 보니 그들의 몸이 조금씩 조금씩 가까워졌다.

그러다 서로의 체온이 느껴질 정도로 맞붙었다. 걷느라 부드럽게 흔들리는 몸이 서로를 스쳤다.

"……."

침묵과 함께 긴장감이 흘렀다. 누군가가 이를 아는 척하면 잠시간의 달콤한 행복이 깨져 버릴까 봐 차라리 입을 다물었다. 서로가 이 상황을 깨닫지 않기를 바랐다. 그래서 이 시간이 좀 더 길어졌으면 했다.

카예나는 사랑이 쉽게 죽지 않는다는 사실을 깨달았다. 그래도 죽여야 했다. 숨겨야 했다. 그게 가장 안전하니까.

카예나는 시선을 돌리며 물었다.

"여기는 장미 화원인가요?"

침묵이 깨졌지만 두 사람은 여전히 찰싹 붙어 있었다. 라파엘로는 그 사실에 만족하며 웃음기 어린 목소리로 말했다.

"그래. 꽃도 없는데 용케도 알아보는군."

"장미를 좋아하거든요. 보통은 덩굴을 보면 알지 않을까요?"

라파엘로는 아직 쌀쌀한 초봄이라 꽃봉오리도 맺히지 않은 장미 덩굴을 힐끗 보았다.

'장미 화원을 더 크게 확장해야겠어.'

그는 그렇게 카예나가 좋아하는 것들을 하나둘 배워 나갔다. 고즈넉한 분위기, 유용한 지식이 담긴 책, 달콤한 간식 등 세심하게 살피면 그녀가 무엇에 흥미를 느끼는지가 보였다.

"앗!"

그때 돌을 잘못 밟은 카예나가 비틀거렸다. 라파엘로는 단숨에 그녀의 허리를 붙잡고 단단히 받쳐 안았다.

"괜찮은가?"

카예나는 그의 너른 가슴팍에 쏙 안기자 또 주체할 수 없이 심장이 뛰어 대는 것을 느꼈다.

"……네, 괜찮습니다."

그녀가 고개를 푹 숙이고 있자 라파엘로가 상체를 비스듬히 숙였다.

"카예나."

언제부터인가 라파엘로는 그녀를 공녀라고 부르지 않았다. 대신 이름을 불렀다.

카예나는 황제가 부르니 고개를 들어 올려야 했으나 그럴 수 없었다. 틀림없이 얼굴이 붉게 물들어 있을 테니까. 그 모습을 보인다면 제 마음을 들킬 테니까.

라파엘로가 카예나의 뺨을 감싸 쥐며 부드럽게 고개를 들어 올렸다. 카예나의 얼굴을 본 순간, 그는 아무 말도 할 수 없었다. 화원이 아니라 그녀의 얼굴에 온통 장미가 핀 것처럼 발그레했다.

'……날 의식하고 있다고?'

라파엘로는 아찔하도록 고양되는 기분을 감출 수 없었다. 그의 얼굴에 미소가 만연했다. 혹시 그녀의 마음이 자신과 비슷할지도 모른다는 생각에 기뻤다. 하지만 그는 섣부르게 행동하지 않았다.

"더운 것이냐?"

그는 일부러 그녀가 빠져나갈 틈을 만들어 주었다. 며칠간 갑자기 태도가 바뀐 이유가 있을 것이다. 자신이 너무 바짝 다가간다면 어디론가 쏙 숨어 버릴지도 몰랐다.

'모르는 게 없다는 무시무시한 위용을 지닌 공녀님이니까.'

카예나는 시선을 떨어트리며 고개를 끄덕였다.

"걸었더니 더워진 것 같아요."

"그래, 꽤 많이 걷기는 했지."

라파엘로는 그녀의 허리를 단단히 부축하듯 감싸 안은 채 다시 본성으로 돌아갔다. 카예나는 곤란한 표정으로 그에게서 몸을 떨어트리려 했다.

"폐하, 저는 이제 괜찮습니다."

"발목을 삐었을 수도 있다. 얌전히 기대거라."

"그래도 이러면 소문이……."

"무슨 소문?"

라파엘로는 짐짓 모르는 척 물었다.

"짐이 네게 치근거린다는 소문이라도 있느냐?"

"폐하."

그런 소문이 난다고 해도 카예나만 달아나지 않는다면 상관없었다.

'그게 사실이니까.'

그는 카예나의 눈에 들기 위해 열심히 수작 부리는 중이었다. 워낙 그에 대한 선입견이 많아 다들 쉬쉬하거나 설마, 하며 저어할 뿐이었다.

카예나는 이 남자가 대체 왜 이러는지 모르겠어서 난처했다. 자꾸 마음은 깊어지는데 라파엘로는 점점 더 아리송하게 행동하고 있었다.

'나한테 마음이 있으신 건가?'

또 어떨 때는 그냥 한순간에 지나갈 변덕처럼 보이기도 해서 더욱 조심스러워졌다. 또한 카예나가 그의 마음에 확신을 갖지 못하는 이유가 있었다.

'나는 이 이야기의 주연이 아니니까.'

그녀가 수행해야 할 역할은 명백히 악녀였다. 그 흐름을 몽땅 거슬러 지금은 그저 평범한 공녀에 지나지 않는다지만, 지금껏 주요한 사건은 모두 1회 차 때와 다를 것 없이 흘렀다.

물론 그것은 원작 소설과도 흐름이 같다는 뜻이었다. 만일 앞으로도 이대로 흐름이 똑같다면 라파엘로와 이어질 짝이 존재했다.

'올리비아 그레이스.'

그와 계약 결혼으로 묶이게 될 여자의 이름이었다.

'조금만 더 이렇게 있어도 되지 않을까?'

지금 깨어나기에는 이 순간들이 너무 달콤한데. 조금 더 만끽하고 싶은데…….

"들어와라. 짐이 발목을 봐주마."

라파엘로는 집무실에 도착하자 직접 커튼을 착착 치더니 어스름한 분위기를 만들어 냈다. 대체 발목을 삐었는지 보겠다면서 왜 방을 어둡게 만드는지 모를 일이었다.

"앉거라."

"네, 폐하."

그래도 일단은 따르는 수밖에.

카예나가 자리에 앉으니 라파엘로가 그 앞에 한쪽 무릎을 꿇고 앉았다.

"폐하! 그렇게 하시면……."

그때 라파엘로가 그녀의 가느다란 발목을 붙들고 제 허벅지를 밟게 했다. 카예나는 기겁했다. 아니, 황제의 허벅지를 밟게 하시면 어떡해요! 그녀는 너무 당황하여 만류하는 말도 꺼내지 못했다. 그에 비해 라파엘로는 태연자약했다.

"발목은 멀쩡하군. 그래도 혹시 모르니 잠시간 움직이지 말고 쉬는 게 좋겠어."

라파엘로가 그녀가 걸터앉은 자리 뒤로 길게 드러누웠다.

"주무시려고요?"

카예나의 물음에 그가 나직하게 대답했다.

"네가 재워 준다면."

"……."

그를 재워 주는 방법은 간단했다. 늘 그랬듯이 손을 주물러 주는 것이다.

'이건 환심을 사기 위한 행동일 뿐이야. 늘 하던 거잖아.'

카예나는 애써 합리화하며 바닥에 앉았다. 조물조물 마사지를 시작하니 라파엘로가 옆으로 누웠다. 그녀의 얼굴이 보였다. 첫날에 본 것처럼 은빛 안개에 휩싸이기라도 한 듯 아름다운 얼굴이 시야에 한가득 들어왔다.

"오늘따라 잠이 오지 않는구나."

그 말에 카예나는 억지로 계속 손에 고정하고 있던 시선을 들어 올렸다.

"……옆에 눕겠느냐?"

"네?"

"그래야 잠이 올 것 같아서."

라파엘로가 빠르게 덧붙인 변명에 카예나는 망설이다가 조심스럽게 다가갔다. 이건 황제의 명령이니까.

마침내 그와 한 뼘 거리만 두고 같은 소파에 눕게 되었다. 바로 곁에서 숨소리가 들렸다. 그가 그녀를 향해 누워 가만히 바라보는 게 느껴졌다. 카예나는 어쩔 줄 모르다가 은근슬쩍 몸을 돌렸다. 그들은 같은 방향을 보고 눕게 되었다. 라파엘로는 머리를 틀어 올려 드러난 그녀의 흰 목덜미에 잠깐 시선을 두었다. 조그마한 등이 빳빳하게 굳은

게 느껴졌다. 그는 카예나에게 살짝 다가가 입을 열었다.

"카예나."

움찔!

뒷목에 숨결이 닿자 카예나가 어깨를 떨었다. 그녀는 당황한 표정으로 휙 뒤돌았다.

"!"

얼결에 그의 품에 쏙 안기게 되었다.

'여기서 갑자기 뒤로 물러날 수도 없고, 어떡하지?'

라파엘로는 조용히 마른침을 삼키다 천천히 그녀의 등 뒤로 손을 뻗었다. 완전히 품에 안은 듯한 모양새가 되었을 때 그가 시선을 내렸다.

카예나는 숨죽이고 있었다. 뺨은 또 예쁜 장밋빛이었다.

그는 충동적으로 물었다.

"왜 요즘 짐의 침실에 오지 않지?"

카예나는 매일 밤 찾아가던 그의 침실을 마음을 자각한 이후로 벌써 며칠째 가지 않았다. 찾아갈 수가 없었다.

'이 남자는 나와 이어질 수 없어.'

하지만 그가 자신에게 하는 달콤한 행동들을 보면 희망이 생겨났다. 저를 보는 눈빛에 애정이 느껴졌다. 그래서 헷갈렸다.

"카예나."

제 이름을 부르는 낮은 목소리에 전신이 오싹해졌다. 아니, 찌르르 울리는 것도 같았다.

"주제넘은 짓 같아서요."

"네가 하는 일에 주제넘은 것은 없다. 뭐든 해도 돼."

그 말에 카예나가 고개를 들어 올려 그를 바라보았다. 시리도록 맑은 눈동자에 라파엘로는 그녀의 눈가를 손으로 쓸었다. 순간 그녀가 눈물을 흘리는 줄 알고 가슴이 철렁했다.

"폐하, 궁금한 것이 있습니다."

"말해."

"폐하께서도 이제 황후를 맞으셔야 하지 않나요?"

그녀의 기억으로는 이맘때쯤 라파엘로가 올리비아에게 정략혼을 제안했다.

라파엘로는 갑자기 황후라는 말에 눈을 휘둥그레 떴다.

'이 여자가 왜 갑자기 황후를 언급하지?'

설마 내 아내가 되고 싶다, 그런 뜻인가?

라파엘로는 짚어도 한참 잘못 짚었으나 소 뒷걸음질로 쥐를 잡고 있었다.

"곧 그럴 생각이다."

그는 저도 모르게 천천히 고개를 숙였다. 카예나와 얼굴이 점차 가까워져 숨결이 간지럽게 느껴질 정도가 되었다. 이 여자가 내 아내가 된다면.

꾸욱―

그때 카예나가 몸을 일으켰다. 달콤한 시간은 끝이었다. 현실로 돌아가야 했다.

"이건 부적절한 것 같습니다, 폐하."

"뭐가?"

라파엘로는 전혀 이해되지 않는다는 표정으로 상체를 일으켜 앉았다.

"곧 황후를 맞으셔야 할 폐하께서 시녀를 지나치게 총애하시는 모습을 보이는 것은 좋지 않습니다. 틀림없이 불온한 소문이 돌 거예요."

'이쯤 하고 나가자. 더는 위험해. 이게 옳아. 옳은 결정이야.'

카예나는 입술을 꾹 깨물었다.

'하지만 이 마음은 어쩌지?'

죽여야지. 없애야지. 괜히 긁어 부스럼을 만들지 말자.

'내게는 지켜야 할 동생이 있어. 그 아이가 더는 불행한 일에 휩쓸리지 않게 지켜야 해.'

"지근 시녀를 그만두겠습니다."

라파엘로가 저도 모르게 날카로운 목소리로 되물었다.

"어째서?"

카예나는 가늘게 떨리는 눈으로 그를 바라보다 사실대로 말했다.

"저는 감히 폐하를 조종하려 했습니다."

잠깐 침묵이 흘렀다.

"그게 무슨 뜻이냐?"

"폐하께서 힐 가문을 잘 봐주셨으면 해서 접근했습니다. 의도가 불충했어요. 그래도 그간의 충정은 진심이었으니 부디 제 동생만은……"

"레제프가 짐의 이복동생이라 추후 문제가 될까 봐?"

카예나가 놀란 표정으로 말을 멈추자 그가 말을 이었다.

"그런 이유로 짐에게 접근한 것이냐? 짐의 생각을 네 뜻대로 바꾸고 조종하려고?"

다 알고 있었구나. 카예나는 죄인처럼 대답했다.

"……네."

그때 라파엘로가 대수롭지 않다는 듯이 말했다.

"그리하거라."

"네?"

그가 카예나의 허리를 휙 감싸더니 끌어당겼다.

카예나는 깜짝 놀라 그의 가슴팍을 쥐며 어깨를 움츠렸다.

"너는 날 갖고 놀아도 돼."

"폐하."

"하지만 떠나는 건 안 된다. 그건 허락할 수 없어."

카예나가 혼란에 잠긴 표정으로 그를 보았다.

"짐은 폭군이다. 잊었느냐? 너를 내 곁에 사로잡아 두는 것 따위 눈 하나 깜짝하지 않고 할 수 있는 인간이라는 뜻이다."

그가 위악적으로 말했다. 일부러 자신을 거칠게 깎아내렸다. 아니, 그게 진실이었다. 그는 카예나를 떠나보낼 수 없었다. 라파엘로는 평소의 냉혹할 정도로 무표정했던 얼굴을 무너트리며 빌었다.

"가지 마라."

"……."

"부탁이다."

카예나는 믿을 수 없단 표정으로 그의 뺨을 감싸 쥐었다. 라파엘로가 고개를 돌려 그녀의 손바닥에 깊이 키스했다. 그러더니 손바닥에 뺨을 기대며 비스듬한 시선으로 카예나를 바라보았다. 애절하고 또 애절한 눈빛으로.

"너를 마음에 품었다."

지독하게 단 목소리로.

"사랑하고 있어."

그가 애원하고 있었다.

"그러니 나는 네 것이다."

제발 자기를 가져 달라, 빌고 있었다. 혹시 그녀가 떠나갈까 봐 허리를 꽉 붙든 채로.

카예나는 벅차서 아무런 말도 할 수 없었다. 이번 생에 그 어떤 것도 쥐지 않기로 했다. 아니, 감히 자신이 뭔가 가진다는 것을 상상도 할 수 없었다. 그러기에는 지난 두 생이 너무도 고단하고 아팠다. 그녀는 상처투성이였으며 지난 생의 일들은 그녀에게 깊은 트라우마로 각인되어 있었다. 소설에서 그녀의 역할이 '악녀'였다는 걸 확인한 순간, 자괴감이 더욱 증폭했다.

그래서 카예나로 다시 눈을 떴을 때, 회귀했다는 사실을 깨달았을 때 가장 먼저 한 생각이 있었다.

'모두 순리대로 흐르게 하고, 다들 너무 아프지 않게 조금씩만 도와주다 조용히 떠나자.'

이 세상에 더는 카예나라는 악녀도, 레제프라는 악당도 없는 거야. 우리는 평범한 남매가 되는 거야. 오직 그것만이 생의 목표였다.

하나 라파엘로를 사랑하게 되어 버렸다. 이 남자를 갖고 싶었고 곁에 있고 싶었다.

그녀는 솔직하게 고백했다.

"저 폐하를 사랑하는 것 같아요. 아니, 사랑하고 있어요."

라파엘로는 멍하게 풀린 눈으로 카예나를 보았다.

이 여자가 나를 사랑하다니. 믿기 어려웠다. 누군가가 자신을 사랑한다는 게 정말이지 믿기 어려웠다. 자신을 찾아온 너무나 말이 되지 않는 행운에 순간 정신이 아득해졌다.

"떠나지 않을게요. 곁에 계속 있고 싶어요, 폐하."

이건 기회였다. 다시는 없을 천재일우의 기회.

라파엘로는 당장 주변을 둘러보았다. 이 상황에 완전히 종지부를 찍을 무언가가 필요했다. 그러니까, 청혼 반지 같은 것. 하나 그런 게 집무실에 있을 리가 없었다. 라파엘로는 화가 났다.

'왜 집무실에 그 흔한 반지 하나 없는 거지? 관리자가 누구야!'

그는 이미 이성적인 사고가 불가능한 상태였다. 그러다 테이블에 놓인 화병이 눈에 들어왔다. 정확하게는 화병에 꽂힌, 막 피어난 봄꽃이. 그는 이름 모를 하얀 꽃줄기를 뽑아 둥글게 말더니 엉성하게 매듭을 지었다. 대충 손가락 끼울 고리가 생겨났다.

척 보아도 무슨 용도일지 짐작이 가는 모양새에 카예나가 입을 틀어막았다. 두 눈가로 엷게 눈물이 고였다.

그가 희미하게 떨리는 손으로 그녀의 손을 쥐었다.

"카예나."

"네, 폐하."

라파엘로는 그녀의 왼손 약지에 꽃반지를 끼우기 전에 물었다.

"부족한 나라도 받아 주겠나?"

카예나는 꽃보다 더 활짝 피어난 미소로 대답했다.

"네, 기꺼이."

그녀의 왼손 약지에 소담한 꽃이 피어났다. 카예나는 행복에 푹 잠긴 얼굴로 꽃을 바라보다 라파엘로와 눈을 마주쳤다.

"너무 예뻐요."

라파엘로가 그녀의 뒷머리 사이사이로 손가락을 얽어 넣더니 제게로 당겨 얼굴을 맞대었다. 순식간에 서로의 이마와 코가 맞닿았을 때, 그가 말했다.

"네게 입을 맞추고 싶으니 허락해다오."

카예나는 눈동자를 잘게 떨다가 질끈 감았다. 라파엘로가 낮게 웃음을 흘리며 부드럽게 입술을 겹쳤다. 성욕이 끓어 잡아먹을 듯이 퍼붓는 키스가 아니라 너무도 소중하고 사랑스러워서 견딜 수 없다는 감정이 느껴지는 달콤한 키스가 이어졌다.

조심스럽게 입안을 탐색하며 자신을 받아들여 줄 건지 묻고 조금씩 깊게, 더 깊게 호흡을 나누었다.

이내 입술이 떨어지며 카예나가 가쁘게 달아오른 숨을 고르고 있을 때, 그가 웃었다.

"예쁘구나, 카예나."

그렇게 다시 입술 위를 가볍게 훑고, 두 뺨에 입 맞췄다.

"부디 짐에게만 예뻐야 할 텐데."

라파엘로는 한숨처럼 중얼거리며 그녀의 입술에 다시 여러 번 키스하고 그래도 부족하다는 듯 아프지 않게 깨물었다. 이대로 다 삼켜 버리고 싶었다.

카예나는 그가 흠뻑 쏟아 내는 애정에 취한 듯 풀어진 눈으로 그의 목을 꼭 끌어안았다.

라파엘로는 그녀를 그대로 소파에 눕혀 좀 더 야릇하게 지분거리기 시작했다. 카예나 또한 그에게 찰싹 달라붙은 채 입술이 떨어지면 먼저 맞붙이고 숨을 섞었다.

요즘 그들 사이가 심상치 않음을 느낀 제레미가 미리 조치해 둔 것인지 라파엘로가 낮잠에서 깰 시간이 지나도 누구도 집무실에 들어오지 않았다. 덕분에 그들은 계속 서로를 탐하며 애정을 나눌 수 있었다.

카예나는 문득 궁금해졌다.

"그런데 폐하, 궁금한 게 있어요."

"뭐지?"

"언제부터 저를 사랑하신 거예요?"

라파엘로는 머뭇거렸다.

"……잘 모르겠군."

카예나의 눈이 가늘어졌다.

"거짓말. 우리가 오래 알아 온 사이도 아닌데 어떻게 그걸 모를 수가 있어요?"

라파엘로는 곤란하다는 표정으로 한숨지었다.

"집요하구나."

이제 라파엘로가 얼마나 저를 원하고 있으며 얼마큼이나 절박하고 간절한지 알고 있기에 앙탈로밖에 느껴지지 않았다.

카예나가 몸을 바짝 붙이며 캐묻자 그가 시선을 살짝 피하며 하는 수 없이 대답했다.

"……처음 보았을 때부터 싫지 않다."

대답하는 와중에 그의 얼굴이 붉게 물들었다.

"그럼 첫눈에 반했단 말이에요? 정말 조금도 그렇게 보이지 않았는데. 그래 놓고 그렇게 절 내쫓으셨단 말이죠?"

라파엘로는 명백히 그녀를 홀대한 과거가 있었기에 어물쩍 말했다.

"……인제 그만 물어보거라."

카예나는 짓궂은 표정으로 그에게 더 바짝 붙었다.

"제가 왜 좋으셨어요?"

그가 잠시 대답하지 않고 카예나를 물끄러미 올려다보았다.

"그것도 모르겠구나."

말해 주기 싫어서 일부러 이렇게 대답하는 건 아니었다. 그도 정확한 때를 콕 집어 말하기가 어려웠다.

라파엘로가 카예나의 두 눈에 입 맞추며 말했다.

"네 눈이 예뻐서 그런 것인지."

이번에는 그녀의 가느다란 목을 입술로 훑었다.

"짐을 추궁하는 네 목소리가 달아서 그런 것인지."

그다음은 제 뺨을 쥐고 있던 그녀의 손에 키스했다.

"네 손길에 정신 차릴 수가 없어서 그런 것인지."

그들의 시선이 마주쳤다.

"짚이는 바가 너무 많아 잘 모르겠구나."

"……."

"아니면 그 모든 순간 너를 사랑하고 있었던 것인지도 모르지."

카예나는 그가 담담한 말투로 전해 오는 열렬한 고백에 되레 부끄러워졌다.

라파엘로는 카예나를 사랑한 모든 순간을 떠올리며 말했다.

"사랑한다."

그녀의 두 손을 감싸 쥐고 꽃반지에 입을 맞추었다. 이토록 과분한 사람이 제게 와 주었다는 게 여전히 믿기지 않았다. 평생 믿어질 날이 오기는 할까?

그녀가 고마웠다. 그녀가 있어 처음으로 기쁘고 행복했다. 처음으로, 자신이 살아 있어 다행이라 여겼다.

"사랑한다."

그녀는 자신의 전부였다. 그러니 무엇이든 다 따라야 했다. 자신이 지겨워지지 않게. 그녀가 떠나지 않게.

'절대로 나를 버리지 않게.'

그는 몇 번이고 간절히 고백했다. 그녀가 자신의 마음을 의심하지 않도록, 그래서 불안하지 않을 수 있도록 고백했다.

불안은 자신의 몫이니까.

"사랑한다."

"……알았어요. 알았으니까 그만하세요, 폐하."

카예나는 그가 쏟아 내는 마음에 파묻혀 정신이 혼미해질 지경이었다.

라파엘로는 장미처럼 물든 그녀의 뺨을 아프지 않게 깨물었다. 저를 붙잡고 있던 손이 움찔 떨리는 게 느껴졌다.

"……아파요."

여느 때처럼 제게 엄살 부리지 말라며 핀잔하는 목소리가 돌아오지 않았다.

카예나는 그에게서 눈을 뗄 수 없었다. 라파엘로 역시 그녀를 하염없이 바라보았다. 아까부터 달아올라 있던 분위기가 한층 더 혼탁하게 젖어 들었다. 라파엘로가 카예나의 손을 겹쳐 쥐며 이를 세워 깨물어 대더니 낮게 끓는 목소리로 말했다.

"너를 허락해다오."

그 말이 관계를 뜻하는 말임을 모르지 않았다.

"……허락할게요."

허락이 떨어지자마자 그가 마주 보던 자세를 바꿔 카예나의 위로 올라타며 입술을 겹쳐 눌렀다.

카예나의 시야가 한순간에 뒤바뀌었다. 시선을 들어 올리니 라파엘로가 저를 내려다보며 갈급하게 셔츠 단추를 툭툭 풀어내는 게 보였다. 얇은 셔츠 한 겹으로 삼춰져 있던 완벽한 육체가 고스란히 드러나자 카예나는 저도 모르게 마른침을 삼켰다.

라파엘로가 상체를 낮추며 말했다.

"지금부터는 폐하라 부르면 혼낼 것이다."

그러면서 그가 시선을 내리까는 게 보였다. 시선이 정확히 그녀의 입술을 응시하고 있었다.

그럼 이제 라파엘로를 뭐라고 부르지? 카예나가 입술을 떨어트렸다.

"그러면, 여보?"

"……."

"……잠깐만요, 잠깐……!"

이후로는 그를 부를 새도 없이 형태 없는 소리만 흘러나왔다.

-｝◎｛-

오랜만에 귀족들을 대거 모은 대전 회의가 열렸다.

"말만 회의지, 공개 처형장 아니던가?"

라파엘로가 회의라는 미명으로 귀족을 모으는 자리는 열리면 아홉이 공개적으로 누군가를 숙청하는 자리였다. 언제부터인가 죽어 나가는 사람이 급격히 줄어들었다고는 하지만 그들은 무려 4년을 공포 정치에 벌벌 떨어 왔다. 인식이 하루아침에 바뀌기란 어려운 일이었다.

'사람이 그리 쉽게 바뀔까?'

다들 반신반의하고 있을 때였다.

"황제 폐하 드십니다."

그들의 주군이자 심판관, 라파엘로가 여느 때와 다름없는 무표정한 얼굴로 등장해 황좌에 앉았다. 거기까지만 보면 오늘도 꼭 저 무시무시한 얼굴로 '죽여.'라고 냉혹하게 말할 것만 같았다.

회의가 시작되고 모두 살얼음판을 걷는 기분으로 안건을 말했다.

그러나 라파엘로는 다른 중요한 일로 상념에 잠겨 있었다.

'슬슬 처남을 봐야 할 텐데.'

그의 비공식적 이복동생이자 미래의 처남, 레제프를 황성으로 불러들여 국혼에 관한 이야기를 해야 할 터였다.

'이미 언질은 해 두었지만.'

카예나가 뭐라고 했더라?

"동생이 저를 지나치게 보호하려는 경향이 있어 조금 시끄러울 수도 있어요. 부디 그러려니 하고 넘어가 주세요, 폐하."

"침대에서는 폐하라고 부르지 말라 했잖아."

"하지만 아직 결혼도 안 했는데……."

'역시 국혼을 서둘러야겠어.'

라파엘로는 카예나와 서로의 진심을 고백한 날 이후 급격히 마음의 안정을 찾았다. 더는 근처에 사람이 있어도 구역질 나지 않을 정도였다.

자신을 비롯해 주변에 지나치게 엄격하고 냉혹했던 것도 너그러워졌다. 가끔 습관처럼 자기혐오에 빠질 때면 카예나가 그에게 말했다.

"저는 당신이 좋아요."

ㄱ의 집무실에서, 침실에서, 어디에서는 카예나는 더는 거리낄 게 없다는 듯이 솔직해졌다.

"사랑해요."

"하······."

라파엘로가 돌연 한숨을 내쉬자 귀족들이 어깨를 움찔 떨었다. 갑자기 왜 한숨이지? 역시 뭔가 심기를 거슬렀나? 분위기가 싸늘하게 얼어붙었을 때, 곁에서 그를 보좌하고 있던 제레미가 고개 숙이며 은근한 목소리로 물었다.

"어디 마음에 들지 않는 부분이라도 있으십니까, 폐하?"

"회의가 쓸데없이 길어지는 것 같구나. 이렇게까지 빙빙 돌려 말할 사안들이 아닌데."

'그야 잘못 말했다가 목이 달아날까 봐 다들 조심하는 것 아니겠습니까······.'

제레미는 차마 바른 대로 말할 수 없어 떨떠름하게 웃었다.

라파엘로는 서류를 획획 넘겨 보더니 툭 덮었다.

"요지는 동부 에반스 후작가 소유인 대마초 농장을 발견했다, 하나 대지주인 에반스 후작가를 몰살하면 그 아래의 소작농들도 고스란히 피해를 보게 된다는 것 아닌가?"

"그, 그렇습니다. 다만 줄리아 에반스는 이 일에 연루되어 있지 않으며 외려 이 사태를 직접 고발하였습니다. 그 점을 부디 감안해 주시어······."

"그만."

라파엘로가 제법 너그러워졌다고는 해도 여전히 더러운 짓거리를 일삼는 것들을 보면 죄의 경중을 따지지 않고 죄다 목을 쳐 버리고 싶었다. 하나 그렇게 해서는 카예나에게도 좋지 않으리라. 게다가 오늘

회의에 참석하기 전, 카예나가 이렇게 말했다.

"줄리아 에반스 양을 차기 후작으로 임명해 주세요. 그녀라면 분명히 잘해 낼 테니까요."

그가 말했다.

"죄가 있는 자들은 잡아들여 경중에 따라 처벌하도록 하고, 공석인 후작 위는 줄리아 에반스가 승계하도록 처리해라."

"……!"

그의 너그러운 처사에 다들 눈을 휘둥그레 뜨다가 냉큼 고개 숙였다.

"명을 받듭니다!"

안건은 이것으로 끝이 아니었다.

"황후 위를 계속 공석으로 둘 수 없는 노릇입니다."

그들이 이렇게 말하는 데에는 나름의 계산이 있었다. 카예나 힐 공녀와 황제의 사이가 심상치 않다는 제보들이 쏟아지고 있던 탓이었다.

라파엘로가 고개를 끄덕였다.

"그렇지 않아도 짐이 내정해 둔 후보가 있다."

"오오, 후보라고 하시면……."

"카예나 힐 공녀를 짐의 아내로 맞이할 것이다."

사람들은 역시나, 하는 표정으로 저마다 눈빛을 주고받았다.

"경하드립니다, 폐하!"

라파엘로는 관심도 없다는 표정으로 통보를 마치더니 자리에서 일어났다.

"회의는 끝이다."

그렇게 누구의 목도 떨어지지 않고 무사히 회의가 끝났다.

─❖─

카예나가 황제의 연인이자 곧 차기 황후가 된다는 소문이 퍼지며 그녀는 더는 지금 시녀로 일할 수 없게 되었다. 애니는 무척 따르던 카예나가 떠난다는 말에 아쉬움을 감추지 못했다.

"어차피 다시 들어오시게 될 텐데 계속 머무시는 것도 좋지 않을까요?"

카예나는 부드럽게 웃으며 애니의 머리를 쓰다듬어 주었다.

"네 말대로 어차피 다시 들어올 텐데 뭐가 걱정이니? 게다가 힐 공작저와 황성은 가까운걸."

"그래도요⋯⋯."

그녀는 이미 짐을 다 싸 둔 상태였다. 이대로 마차에 다 실은 다음 라파엘로에게 인사하고 공작저로 돌아갈 생각이었다.

"카예나."

그때 라파엘로가 먼저 그녀를 찾아왔다.

그는 며칠째 도무지 펴질 줄 모르는 침울한 표정으로 그녀가 싸 둔 짐을 힐끗 보았다. 흡사 비 맞은 강아지라도 된 양 애처로운 눈빛이었다.

"정녕 가야만 하는가?"

"거의 매일같이 황성을 찾아올 텐데요."

"그럴 거면 피곤하게 왜 나가지? 짐의 곁에 있어라."

"폐하."

애니는 두 사람을 번갈아 보다가 슬그머니 카예나의 방에서 나갔다. 문을 꼭꼭 닫아 두는 것도 잊지 않았다.

"제가 이곳에 머물러 있기가 마땅치 않잖아요. 아직 약혼도 하지 않았으니까요."

"우리가 결혼하리라는 걸 모르는 이가 없는데 무슨 상관이지? 황후궁을 미리 쓰면 돼. 다들 이의 없을 것이다."

"법도에 어긋나잖아요."

"짐의 말이 법인데 무엇이 문제지?"

그건 맞는 말이기는 했다. 카예나는 어쩔 수 없다는 표정으로 피식 웃었다.

"제가 그리도 좋으세요?"

그 말에 라파엘로가 어이없다는 표정으로 그녀를 품에 안으며 말했다.

"몰라서 물어?"

그가 애정을 증명하기라도 하듯 입술을 가볍게 붙인 채 말을 이었다.

"네가 좋아서 미칠 것 같은데."

간지러운 지분거림은 순식간에 농후한 입맞춤으로 이어졌다.

라파엘로는 눈치 빠르게 사라졌던 하녀를 떠올렸다.

'애니라고 했던가?'

문도 꼭 닫아 두고 사라지다니, 상당히 유능한 인재였다.

'이 정도면 두 단계는 가뿐히 진급시켜야겠군. 아니지, 다섯 단계는 더 진급시켜 주어야지.'

애니는 순식간에 상급 시녀가 되었다.

라파엘로는 연인의 입술을 착실히 탐하며 그녀를 부드럽게 안아 들고 침대로 향했다. 그가 쓰는 침대보다 좁았으나 그래서인지 새롭게 끓어올랐다

라파엘로가 그녀를 침대에 앉히고 그 옆을 짚으며 집요하게 입술을

떨어트리지 않았다. 한쪽 손은 침대를, 그리고 다른 손은 그녀의 허리를 타고 내려와 치맛자락을 쥐었을 때, 카예나가 그의 뺨을 쓰다듬으며 말했다.

"오늘도 열심히 일하셨다고 들었어요."

그녀가 지금 시녀를 그만두며 전처럼 졸졸 따라다니면서 보필하지 못하는 상황이었다. 그런데도 이런 말을 하는 것은 누군가가 그녀에게 라파엘로의 일정과 상태를 보고하고 있다는 뜻이었다. 아마도 그러는 이가 한둘이 아닐 것 같았다. 이미 다들 카예나를 황후라고 생각하고 대하는 모양이었다.

"다들 내 일정을 네게 죄다 고해바치는 모양이군."

좀 더 정확하게는, 라파엘로의 고삐를 쥔 주인으로 여기고 있는 것 같았다.

그게 불쾌하지 않았다. 불쾌할 게 뭐가 있겠는가? 그는 오히려 카예나가 제 주인처럼 여겨지는 상황이 무척 만족스러웠다.

"그래서 내 일거수일투족을 지켜본 거나 다름없을 텐데, 그에 대한 감상은?"

카예나는 담백하게 대답했다.

"음, 잘하셨어요."

"칭찬이 인색하군."

카예나가 고개를 갸웃했다.

"여기서 뭘 더 해야 하나요?"

라파엘로는 칭찬이 고팠다. 아니, 그냥 카예나가 고팠다. 그는 카예나의 허리를 잡더니 그다지 힘들이지도 않고 번쩍 들어 올려 제 허벅지 위에 앉혔다. 순식간에 침대에 앉은 그 위에 카예나가 올라탄 자세가 된 것이다.

"폐하!"

카예나가 그를 가볍게 나무라듯 부르자 라파엘로가 애교 부리듯 쪽쪽 소리 나도록 입 맞추며 말했다.

"지금은 아무도 없으니 폐하라고 부르지 마."

그건 그를 여보라고 부르라는 귀여운 강요였다. 카예나는 여보라고 부르려다 말고 눈을 샐쭉하게 떴다. 일부러 여보 소리 들으려 자꾸 저를 침대로 끌고 가는 등 응큼한 상황을 만들어 내는 라파엘로를 곯려 주고 싶었다. 그래서 대뜸 이름을 불렀다.

"라파엘로."

그녀가 저를 여보라고 불러 줄 것을 고대하고 있던 라파엘로는 예상치 못한 상황에 눈을 크게 떴다. 그녀가 그의 이름을 부른 것은 처음이었다.

카예나는 어딘가 득의양양하게 말했다.

"왜요? 발칙한가요?"

그럴 만도 한 게, 어쨌거나 카예나는 그보다 어리기도 했고 신분으로도 밀렸다. 황제의 이름을 대뜸 부르다니, 황실 모독죄로 처형당할 일이었다.

하나 라파엘로는 눈을 반짝거리고 있었다.

"다시 불러 봐."

카예나는 그가 저를 꾸중하려고 다시 말해 보라고 하는 줄로만 이해하고서는 못 할 것 없다는 듯이 또 이름을 불렀다.

"라파엘로."

라파엘로는 자신의 이름이 이토록 황홀한 어감이었는지 처음 알게 되었다. 그녀의 입을 통해 나오는 말은 모두 새로운 생명을 얻고 다시 태어나는 것만 같았다.

라파엘로, 그 단어도 그랬다.

그는 카예나의 입술을 손가락으로 문지르며 이해할 수 없다는 표정으로 중얼거렸다.

"큰일이군."

카예나는 여전히 그를 놀리듯 이름을 언급했다.

"왜, 라파엘로?"

이번에는 아예 말도 놓아 버렸다. 그러자 라파엘로가 입매를 부드럽게 풀어내며 웃었다.

"당신이 내 이름을 불러 주는 게 듣기 좋아서 그렇습니다, 카예나."

그가 갑자기 말을 높이자 카예나는 되레 당황했으나 오기가 생겼다.

"그래? 이름을 불러 주는 게 마음에 들어?"

"네."

"그럼 앞으로 착하게 굴 때마다 이름을 불러 줄게."

그녀의 앙큼한 말에 라파엘로가 피식 웃음을 터트렸다.

"당신은 심술꾸러기로군요, 나의 폐하."

심술부리는 카예나는 무척 귀여웠다. 동시에 괴롭혀 주고 싶은 기분이 들게 했다. 그래서 '폐하'라고 불렀다. 예상대로 그녀가 당황한 표정을 지었다.

"아니, 잠깐. 폐하라니요!"

라파엘로는 뭐가 문제인지 모르겠다는 표정으로 의아하게 고개를 갸웃거렸다.

"우리가 결혼하면 당신은 폐하가 되니까."

그야 그렇지만, 이건 그런 의미가 아니지 않은가?

그는 지금 명백히, 주종의 의미로 그녀를 폐하라 지칭한 것이었다. 그러고서는 무구한 표정으로 아무것도 모르는 척이라니, 기가 막혔다.

라파엘로는 카예나를 침대 위로 풀썩 쓰러트리며 달콤하게 속삭였다.

"내가 당신의 폐하인 것처럼 당신이 나의 폐하가 되는 건데 문제가 있습니까?"

카예나는 미간을 좁혔다.

"궤변 늘어놓지 말아요."

정말이지, 누가 들으면 황제가 그녀에게 미쳐 사리 분별도 못 한다고 손가락질할까 두려웠다.

"보수적인 이들의 귀에 들어가기라도 하면 폐하께서 요녀에게 홀렸다느니 하는 소문이 돌 거예요."

그는 어느새 잔뜩 풀어진 차림으로 동작을 멈췄다. 이게 앞으로 남은 시간 중 가장 멀쩡한 차림일 것이다.

"당신에게 홀린 건 사실이지."

라파엘로가 그를 혼내려 오물거리는 예쁜 입술에 키스하며 말을 틀어막았다.

"하지만 당신에게 뭐라고 하는 건 용서하지 못할 것 같아."

"그러니 폐하라는 말은 하지 않는……"

"그건 안 돼."

카예나가 어이없다는 표정으로 한숨짓자 라파엘로가 나직하게 웃음을 터트렸다.

"어쩔 수 없잖아."

어떻게 해도 숨길 수 없는 깊은 애정이 그의 눈, 그리고 입술에 가득 맺혀 있었다. 그가 다시 입술을 겹치기 전, 그녀에게 말했다.

"당신은 영원히 나의 주인이 될 테니까. 그럼, 주인님이라고 부르는 건 괜찮을까?"

그에 대해 감히 뭐라고 하는 이가 있다면 자신이 왜 폭군이라 불리는지 몸소 증명하면 그만이었다.

카예나는 말도 안 되는 소리 하지 말라며 요리조리 그의 입술을 피했다. 라파엘로가 저를 그만 애태우라고 간지럼까지 피워도 눈물을 그렁그렁 매단 채 그의 입술에서 도망쳐 댔다.

이내 라파엘로가 뚱하게 그녀를 내려다보았다. 완력을 사용하면 그녀의 입술을 순식간에 취할 수 있겠지만, 그런 정신 나간 짓거리는 절대로 하고 싶지 않았다.

"허락해 주세요, 폐하."

그가 야릇하게 보채자 카예나는 미약한 침음성을 흘렸다. 이렇듯 야수 같은 남자인 주제에 때때로 토끼라도 되는 척 가증스럽게 굴 때면 알면서도 넘어가게 되었다.

하지만 이건 대충 넘어갈 일이 아니었다. 카예나는 이 남자가 하고자 한다면 하는 사람이라는 것을 잘 알았고, 그러므로 그가 저를 신처럼 떠받들며 황좌라도 넘겨줘 버릴 사람인 것도 잘 알았다. 생각만 해도 골치가 아팠다.

"그래도 폐하는 안 돼요. 물론 주인님도 절대 안 돼요."

라파엘로가 눈썹 끝을 떨어트리며 짐짓 불쌍한 척 말했다.

"날 괴롭히지 마."

"기가 막혀……."

카예나는 본인이 하고 싶은 말이라며 그를 흘겨보았다.

"만약 그렇게 부르고 싶다면 대신 내 이름을 불러 줘요."

라파엘로는 눈을 살짝 크게 뜨며 감탄하고 말았다. 이미 그녀를 부를 무엇보다 완벽한 말이 있었다. 자신은 왜 생각지 못했을까? 그는 카예나가 한층 더 사랑스러워 견딜 수 없었다.

"과연 해결하지 못하는 문제가 없다고 명성 자자한 힐 공녀인가?"

농처럼 말하고 있었으나 라파엘로는 진심 어린 찬탄을 내놓은 것이었다. 카예나는 기가 막혔다.

"여기서 그게 왜 나와요?"

"내 사랑스러운 연인이 이토록 총명하니 감탄스럽잖아."

카예나는 못 말린다는 표정으로 피식 웃어 버렸다.

라파엘로는 그의 현명하고 아름다운 연인을 지분거리며 그녀를 삼켜 내기 전에 입을 열었다.

나의 폐하, 나의 주인, 나의 사랑, 나의 연인, 나의 아내, 나의 전부이자 모든 것.

"나의 카예나."

그것이 카예나였다.

〈악녀는 마리오네트〉 특별 외전 완결